It's okay not to be okay

Scarlett Curtis (Hrsg.)

It's okay not to be okay

Inspirierende Persönlichkeiten
sprechen über psychische Gesundheit

Aus dem Englischen von Christopher Bischoff,
Hanna Christine Fliedner, Jana Wahrendorff
und Jennifer Michalski

CARLSEN

In diesem Buch wird auf genderneutrale und diskriminierungssensible Sprache geachtet.

Inhalt

TRIGGERWARNUNG

VON

Scarlett Curtis

JOURNALISTIN, AKTIVISTIN

Dieses Buch ist heftig.

Worte und Bilder haben Macht. Aus genau diesem Grund – weil wir glauben, dass Worte die Macht haben, zu trösten, und starke Gefühle zu wecken – ist dieses Buch entstanden. Worte und Bilder können Gutes bewirken, doch sie können ebenso, wenn auch unbeabsichtigt, extremen Schmerz hervorrufen. Eine der schlimmsten Panikattacken meines Lebens hatte ich während einer Aufführung von George Orwells *1984*. Es war eine bombastische und bildgewaltige Inszenierung, aber zu sehen, wie jemand auf der Bühne gefoltert und systematisch in den Wahnsinn getrieben wird, war in diesem Augenblick zu viel für mein Gehirn. Ich hätte es wissen müssen (schließlich war es *1984*!), doch ich hatte vorher einfach nicht richtig darüber nachgedacht. Seitdem achte ich darauf, welche Inhalte ich mir wann zumute.

Manche Leute finden ja, Triggerwarnungen wären ein neumodisches Phänomen, das Produkt einer überempfindlichen Generation, die ohne Kuscheldecke und Händchenhalten nicht zurechtkommt. Tatsächlich wurde der Begriff aber schon in den Sechzigern geprägt, als man bei Vietnamveteranen vermehrt Symptome der posttraumatischen Belastungsstörung (PTBS) feststellte, damals noch als »Kriegsneurose« oder »Kriegszitterer« bekannt. Etwa zur gleichen Zeit entwickelten feministische Aktivist*innen Bezeichnungen wie »Triggerwarnung« oder »Safe Space«, damit Frauen, die sexuelle Gewalt erfahren hatten, keine Flashbacks erlebten und ihren überwältigenden Erinnerungen nicht hilflos ausgeliefert waren.

Heutzutage werden Triggerwarnungen eingesetzt, um Menschen vor Inhalten zu schützen, die sie retraumatisieren könnten. Es gibt nicht viel auf dieser Welt, über das ich mich richtig aufrege (ich bin ein eher zurückhaltender Mensch), aber wenn jemand Triggerwarnungen kritisiert, sehe ich rot. Dann steigt mir Dampf aus den Ohren und ich werde zum feministischen Hulk. Falls du Triggerwarnungen als lästig empfindest und der Meinung bist, sie würden in irgendeiner Form die Reinheit der Kunst stören, denk bitte mal für eine Minute über Folgendes nach: Wie lästig ist es wohl erst, jedes Mal befürchten zu müssen, dass du die allerschlimmsten Erfahrungen deines Lebens noch einmal durchmachen musst, wenn du ein Buch liest, Nachrichten siehst oder ins Kino gehst? Getriggert zu werden heißt nicht, dass man »wehleidig« ist oder »sich anstellt«. Es bedeutet, mit einer Erinnerung bombardiert zu werden, die so schmerzhaft ist, dass der Körper nicht damit umgehen kann. Man wird in die Vergangenheit katapultiert und ist nicht in der Lage, sich aus eigener Kraft daraus zu befreien.

An manchen Tagen kann es großartig sein, sich mit einem Kunstwerk zu beschäftigen, das an ein Trauma erinnert. Womöglich hilft es sogar, zu erkennen, dass man nicht allein ist. Wenn wir sehen, wie sich unsere Erlebnisse in etwas widerspiegeln, liegt darin manchmal eine besondere Schönheit. Aber an anderen Tagen kann es einen auch überfordern. Vielleicht bist du müde, traurig oder schlicht nicht in der Stimmung. Dann ist es okay, das Buch zuzuklappen, den Fernseher auszuschalten oder das Kino zu verlassen.

Solltest du dich je über eine Triggerwarnung geärgert haben, je gedacht haben »Gott, die Leute heutzutage sind echt so was von empfindlich«, solltest du je die Augen verdreht haben, wenn antidiskriminierende Sprache benutzt wird oder jemand mit Bedacht gewisse Pronomen verwendet, dann möchte ich dir eins sagen: Halt bitte einfach mal für einen Augenblick die Klappe. Triggerwarnungen sind kein Symptom einer verweichlichten Gesellschaft.

SIE SIND EIN **NOTWENDIGES ZEICHEN** DAFÜR, DASS UNSERE KULTUR SICH ALLMÄHLICH AN DIE **DRINGENDEN BEDÜRFNISSE** DERJENIGEN ANPASST, **DIE TRAUMATA ERLITTEN HABEN ODER AN PTBS LEIDEN.**

Wie gesagt, dieses Buch ist heftig. Einige Passagen bringen dich vielleicht zum Lachen, andere zum Weinen, wieder andere sind schlichtweg herzzerreißend. Sie alle haben auf die eine oder andere Art mit psychischer Gesundheit zu tun. Wir haben versucht, diese Seiten zu nutzen, um das Gute und Schlechte am Menschsein darzustellen. Das bedeutet aber auch, dass es Teile gibt, die möglicherweise schwer zu lesen sind. Wir hoffen, diese Triggerwarnung hilft dir dabei, dich in diesem Buch zurechtzufinden.

NIMM DIR ZEIT UND VERGISS NICHT ZU ATMEN.

ICH HOFFE VON GANZEM HERZEN, DASS DU AUS DIESEN AUSSERGEWÖHNLICHEN GESCHICHTEN FÜR DICH DAS MITNEHMEN KANNST, WAS DU GERADE BRAUCHST.

ES IST OKAY, NICHT OKAY ZU SEIN

ES IST OKAY, NICHT OKAY ZU SEIN

VON

Scarlett Curtis

JOURNALISTIN, AKTIVISTIN

Als ich siebzehn war, hat man mir zum ersten Mal gesagt, ich sei »verrückt«. Das ist weder eine treffende noch die politisch korrekte Bezeichnung, trotzdem ist es der Begriff, den ich übernahm. Denn damals kannte ich keinen besseren. Ich war »verrückt«, und ich war »kaputt«.

Durch meine Erfahrungen mit psychischer Gesundheit habe ich eine Menge Punkte auf der Liste für »Verrückte« abgehakt. Zwei Jahre meines Lebens war ich kaum in der Lage, mein Zimmer zu verlassen, ohne eine Panikattacke zu erleiden. Ein Jahr lang ging ich in Kliniken ein und aus. Ich habe alle möglichen Medikamente ausprobiert, war bei einer ganzen Armada von Therapeut*innen, hatte zig Panikattacken in Zugtoiletten, wobei ständig irgendwer die Tür aufgerissen hat (wie zur Hölle verschließt man diese halbrunden Türen?), und habe mehr Tränen geweint, als ich es für menschenmöglich gehalten hätte. (Deshalb trinke ich auch so viel – ich muss das irgendwie ausgleichen.)

Über vier Jahre klammerte ich mich verzweifelt an jeden noch so kleinen Strohhalm, um mich aus dem tiefen, tiefen Loch zu ziehen, in dem ich immer wieder versank. Mit einundzwanzig saß ich schließlich in einer Tränenpfütze auf meinem Bett und mir kam eine schmerzliche, aber unausweichliche Erkenntnis: Mein Leben würde nie so werden, wie ich es mir ausgemalt hatte. Vor mir lag kein Dasein voll ungetrübten Glücks, ich würde nie vergnügt Arbeit, Ehe und Familie unter einen Hut bringen. Stattdessen würde ich jeden Tag aufs Neue gegen die Dämonen in meinem Kopf ankämpfen, um es aus dem Bett zu schaffen.

Ich hatte einen Blick auf die Zukunft erhascht. Und auch wenn sie kein bisschen dem Bild glich, das ich als Siebenjährige von meinem späteren Ich gekritzelt hatte, akzeptierte ich allmählich, dass mein Gehirn mich betrogen hatte und das hier mein Leben war.

Als ich meine Diagnose bekam (Depression, Angststörung, PTBS – der ganze spaßige Kram!), kam ich mir wirklich vor wie die einzige Person auf der ganzen Welt, die je ein Problem mit ihrer psychischen Gesundheit gehabt hat. Ich durchforstete das Internet auf der Suche nach Geschichten von Leuten wie mir, und jeder Tweet oder Blogeintrag fühlte sich an wie eine Rettungsleine.

Ich war nicht allein – das weiß ich jetzt. Laut der britischen Organisation MQ, die zu diesem Thema forscht, treten 50 Prozent der psychischen Probleme von Erwachsenen noch vor dem fünfzehnten Lebensjahr auf. Mehr als die Hälfte der befragten jungen Leute verbindet psychische Erkrankungen mit Isolation und einer Außenseiterrolle. 56 Prozent glauben, dass man dadurch anders behandelt wird. Den Verlust von Freundschaften fürchten 55 Prozent. Und 51 Prozent der Jugendlichen schämen sich für psychische Erkrankungen. Weiteren Studien zufolge befürchtet ein Drittel der jungen Menschen, könnte Einfluss auf ihre Karriere haben, Probleme offen zu thematisieren. In England werden die gängigsten Krankheitsbilder öfter bei Frauen festgestellt. Sie erhalten im Vergleich zu Männern zum Beispiel doppelt so oft die Diagnose Angststörung. Suizid zählt generell zu den verbreitetsten Todesursachen von Menschen zwischen zwanzig und vierunddreißig. Für Männer unter fünfundvierzig ist das sogar die häufigste Todesursache überhaupt: 2015 waren 75 Prozent aller Suizidopfer in Großbritannien männlich.

Das Erleben von psychischen Problemen findet grob auf zwei Ebenen statt. Zunächst ist da die physiologisch-neurologische Ebene: Etwas in deinem Gehirn hält es davon ab, so zu funktionieren, wie es sollte. Die Behandlung ist kompliziert und facettenreich und bei jeder und jedem individuell verschieden. Was das betrifft, kann das Buch dir nur bedingt helfen: indem es dir vielleicht neue Möglichkeiten aufzeigt oder dir ein paar Leute vorstellt, die auf diesem Gebiet Erstaunliches leisten.

Dann ist da noch die zweite Ebene: die psychologische, emotionale. Und die Scham – weil unsere Gesellschaft Menschen mit einem »kaputten« Gehirn das Gefühl gibt, sich schämen zu müssen. Die Scham hat nichts mit Serotonin oder Genetik zu tun. Sie ist ein gesamtgesellschaftliches Problem, das uns alle angeht. Wir sind dafür verantwortlich, und wir müssen es beheben.

Die Scham ist es, die dich davon abhält, dir Hilfe zu suchen. Sie bringt dich dazu, »Danke, gut« zu murmeln, wenn du gefragt wirst, wie es dir geht. Die Scham ist es, die in dir rumort, die sich windet und wächst, bis sie zu einer schmerzenden, fauligen Last geworden ist – zu schwer, um von einem Menschen allein getragen zu werden, und zu toxisch, um sie zu erklären.

SCHAM KANN TÖDLICH SEIN.

DIESES BUCH MÖCHTE DIR DIE SCHAM NEHMEN.

Mit einundzwanzig habe ich also akzeptiert, dass mein Leben nicht so wird, wie ich es mir erträumt hatte. Drei Jahre, hundert Therapiesitzungen, fünf verschiedene Medikamente, fünfzig Zusammenbrüche, achtundneunzig Panikattacken und viel zu viele Tränen haben daran nichts geändert. Psychische Gesundheit wird immer ein Thema für mich bleiben. Mein Geist wird immer ein wildwuchernder, überbordender Garten sein, den ich jeden Tag so weit zu zähmen versuche, dass ich ihn bewohnen kann. Für den Rest meines Lebens werde ich mit meinem »kaputten« Hirn zu kämpfen haben, aber mit der Zeit habe ich etwas begriffen, und diese Erkenntnis ist ein echter Grund zum Feiern: ES IST OKAY.

Meine Psyche ist okay.

ES IST OKAY, NICHT OKAY ZU SEIN.
ES IST OKAY, ZU WEINEN.
ES IST OKAY, WÜTEND ZU SEIN.
ES IST OKAY, UM HILFE ZU BITTEN.

ES IST OKAY, IM BETT ZU BLEIBEN.
ES IST OKAY, DAS KOMISCH ZU FINDEN.
ES IST OKAY, WENN DU NICHT DARÜBER REDEN WILLST.
ES IST OKAY, EINE THERAPIE ZU MACHEN.
ES IST OKAY, MEDIKAMENTE ZU NEHMEN.
ES IST OKAY, MENSCHLICH ZU SEIN.

Wir alle haben eine psychische Gesundheit – genau wie eine körperliche. Ich glaube, mir selbst war das gesamte Ausmaß dieser Feststellung gar nicht bewusst, bis ich die Beiträge zu diesem Buchprojekt gelesen habe. Dieses Buch ist vieles, vor allem aber ist es eine Liebeserklärung ans Menschsein.

Es ist so etwas wie ein Zuruf. Ein lautes Signal, das alle da draußen wissen lässt: Du bist nicht allein! Dieses Buch ist dein doppelter Boden. Es soll dir zeigen, dass du vor dem, was du durchmachst, keine Angst zu haben brauchst.

Ich hoffe, dieses Buch spricht all diejenigen an, die seit Jahren leiden – aber auch jene, denen es momentan einfach nicht so gut geht oder die gerade eine schwere Zeit durchmachen. Natürlich ist es auch für ihre Freund*innen und Familienmitglieder gedacht. Und es stellt einen unwiderlegbaren Beweis dafür dar, dass eine psychische Störung nicht das ganze Leben definieren muss. Vor allem jedoch ist dieses Buch ein Puzzleteil in der riesigen globalen Bewegung, die es sich zum Ziel gesetzt hat, dem Thema psychische Gesundheit die Scham zu nehmen. Wie schon gesagt: Du bist nicht allein!

Das hier ist kein Lehrbuch. Es wurde nicht ausschließlich von professionellen Psycholog*innen oder Psychiater*innen geschrieben. Es ist persönlich. Aber im Teilen von persönlichen Geschichten liegt eine gewaltige Kraft.

Dieses Buch wurde in Kooperation mit der wundervollen Partnerorganisation *Shout* veröffentlicht. Das ist die erste Krisen-Hotline in Großbritannien, die rund um die Uhr erreichbar ist[1]. Ich selbst habe am schlimmsten Tag meines Lebens bei einer Hotline für Suizidgefährdete angerufen. Deshalb bin ich zutiefst davon überzeugt, dass deren Arbeit überlebenswichtig ist. Wir wollen mit diesem Buch aber nicht nur die unglaubliche Leistung von *Shout* würdigen, sondern ebenso einen kleinen Teil dazu beitragen, dass weniger Leute überhaupt an den Punkt gelangen, an dem ih-

---

1 Eine Liste mit Hilfsangeboten in Deutschland, Österreich und der Schweiz findest du auf S. 310.

nen nur noch eine solche Nummer hilft. Den Punkt, an dem sie aufgeben wollen, sich so allein fühlen, dass ein anonymer Anruf oder eine Textnachricht ihre letzte Hoffnung ist.

Und schlussendlich habe ich das Projekt auch für mich selbst auf die Beine gestellt. An dem Tag, an dem die Menschheit das Zeitreisen erfindet (man wird ja wohl noch träumen dürfen), werde ich Folgendes tun: Ich werde zurückreisen, um mein sechzehnjähriges Ich zu treffen. Ich werde mich verkleiden (das Mädchen macht schließlich schon genug durch) und diesem Scherbenhaufen von Mensch das Buch in die Hand drücken. Denn dieses Mädchen, das sich so einsam gefühlt hat, so verzweifelt, so wertlos, und das sich so geschämt hat, braucht es mehr als irgendjemand sonst. Und ich weiß, dass es ihr geholfen hätte. Ich hoffe, dir hilft es auch.

DU HAST EIN RECHT AUF DEINE GEFÜHLE

VON

Michelle Elman

AUTORIN

Früher war mir gar nicht bewusst, dass ich überhaupt eine psychische Gesundheit habe. Das erzählt einem ja auch niemand, wenn mit der körperlichen Gesundheit schon so viel verkehrt läuft. Zumindest war das vor fünfzehn Jahren so. Mittlerweile hat sich das immerhin ein klein wenig gebessert. Wenn man heute so lange im Krankenhaus liegt wie ich zu der Zeit, fragen die Leute wahrscheinlich öfter (und verständnisvoller), wie es einem emotional geht. Doch damals gab es nur mich und meinen malträtierten Körper.

Mit zwanzig hatte ich schon fünfzehn Operationen hinter mir. Grund dafür waren ein Hirntumor, ein perforierter Darm, ein Darmverschluss, eine Hirnzyste und ein Leiden, das man Hydrozephalus nennt. Trotzdem fragte mich nie jemand, was in mir vorging, bis kurz vor meiner zwölften OP. Wobei die Leute sich auch da weniger nach meinem Wohlbefinden erkundigten, sondern mich vielmehr immer wieder mit der gleichen Frage löcherten: »Hast du Angst zu sterben?« Unnötig zu erwähnen, dass ich nicht gerade gut darauf reagierte. Das führte am Ende dazu, dass ich die Gefühle in mir einsperrte. Als Teenager hätte ich nicht sagen können, was ich fühlte, weil ich rein gar nichts fühlte. Ich hätte nicht mal sagen können, was ich dachte, so groß war die Angst, den grausamsten meiner Gedanken auszusprechen: dass ich selbst schuld an den vielen Operationen war. Und als wäre das nicht schon schlimm genug, wurde ich durch die Narben auf meinem Bauch bei jedem Blick in den Spiegel an die traumatischen Ereignisse erinnert – an eine Vergangenheit, der ich niemals entkommen konnte.

Erst als ich zwanzig war, in meinem Abschlussjahr an der Uni, brach alles aus mir heraus. Nach zehn Jahren durchlebte ich plötzlich all die Emotionen, die eigentlich irgendwann während der fünfzehn Operationen hätten auftreten müssen. Man diagnostizierte mir eine posttraumatische Belastungsstörung. Ich schleppte mich zur ersten Therapiesitzung – es war der beschwerlichste Gang meines Lebens. Mir einzugestehen, dass ich Hilfe brauchte, fühlte sich an wie ein Tritt in den Magen. Außerdem habe ich mich geschämt – obwohl ich rein rational natürlich wusste, dass es keinen Sinn ergab. Schließlich wollte ich zu dem Zeitpunkt selbst Psychologin werden! Auch wenn es nie dazu kommen sollte …

ICH HABE AUS DIESEM LEID KRAFT GESCHÖPFT UND DEN ANTRIEB, MIT MEINER ARBEIT ETWAS BEWEGEN ZU WOLLEN.

Aus diesem Grund rief ich die Kampagne »Scarred Not Scared« ins Leben. Damit Menschen mit ähnlichen Erfahrungen über ihre körperlichen und seelischen Narben sprechen können.

Es ist fünf Jahre her, dass bei mir Symptome der posttraumatischen Belastungsstörung aufgetreten sind. Ein altes Sprichwort sagt: »Eine ruhige See hat noch keinen guten Seemann hervorgebracht.« Nachdem ich selbst schon mehrere emotionale Shitstorms überstanden habe, hier meine Tipps für unruhige Zeiten:

1. Wir alle haben eine psychische Gesundheit.

Unsere psychische Gesundheit will gehegt und gepflegt werden. Wenn du positive Gewohnheiten und Routinen schleifen lässt, wirkt sich das negativ auf deine Psyche aus.

2. Es gibt keine schlechten Gefühle.

Schon in der Kindheit bringt man uns bei, dass es schlechte Gefühle (z.B. Wut, Traurigkeit, Schuldgefühle, Angst und Scham) und positive Gefühle (z.B. Freude) gibt, aber das stimmt nicht. Jedes Gefühl ist gut und will dir etwas Entscheidendes mitteilen: Wut könnte bedeuten, dass eine Grenze überschritten wurde. Das Gefühl an sich ist nicht falsch, höchstens vielleicht die Art, wie du es ausdrückst.

3. Deine Probleme sind echt, mit oder ohne Diagnose.

Auch ohne Diagnose sind deine Symptome echt und deine Gefühle wichtig und gerechtfertigt.

4. Du trägst nicht die Schuld, aber die Verantwortung.

Du bist nicht schuld an dem ganzen Mist, der dir im Leben passiert. Du hast das nicht verdient. Niemand verdient das. Und du hättest es auch nicht verhindern können. (Selbst wenn dein Verstand dich vom Gegenteil überzeugen will.)

Aber du bist verantwortlich dafür, wie du reagierst. Du allein kannst etwas daran ändern und du allein musst damit klarkommen.

5. Befrei dich von toxischen Beziehungen.
Hast du einen Tiefpunkt erreicht, kann es sein, dass du Leute mit Helfersyndrom geradezu magisch anziehst. Eine solche Beziehung funktioniert nur, wenn du völlig am Boden bist. Ich glaube zwar nicht daran, dass Menschen von Natur aus toxisch sind, allerdings glaube ich an toxische Dynamiken, die unsere psychische Gesundheit beeinflussen. Sich von solch einer Person zu distanzieren erscheint dir vielleicht gemein, aber wenn andere dich für einen schlechten Menschen halten, nur weil du deine Psyche schützt, dann ist das eben so. Hab kein schlechtes Gewissen, wenn du erst mal an dich denkst.

6. Stell dich deinen Gefühlen.
Den Leuten wird ständig gesagt, sie sollen ihre Gefühle verarbeiten, aber niemand bringt einem bei, wie das geht. Lokalisier das Gefühl in deinem Körper und erkunde es. Wie groß ist es? Ist es warm? Oder schwer? Ist es klar oder verschwommen? Wenn du es erspürst, merkst du, wie es sich verändert und verformt. Vielleicht wird es sogar schmerzhafter, aber wenn du es lange genug zulässt, verschwindet es irgendwann. Mit jedem Mal wirst du feststellen, dass deine Gefühle weniger beängstigend sind, als du dachtest. Hältst du sie jetzt aus, schaffst du es in Zukunft auch!

7. Ängste sind Sorgen vor dem, was kommt.

Das Unterbewusstsein kennt keinen Unterschied zwischen Realität und Fiktion. Schließ die Augen und stell dir vor, in eine Zitrone zu beißen. Dein Körper reagiert darauf, auch ohne Zitrone. Bei Leuten mit Reiseangst beispielsweise passiert genau das Gleiche. Ihr Unterbewusstsein löst eine körperliche Reaktion auf einen Autounfall aus, ohne dass er tatsächlich stattfindet. Die Geschichte, die Betroffene sich ausmalen, und die Bilder, die sich vor ihrem inneren Auge abspielen, jagen ihnen schreckliche Angst ein. Solltest du auch mal in so einer Situation sein, dann konzentrier dich auf das Hier und Jetzt und nimm bewusst wahr, wie sich die Angst verflüchtigt. Einem Gefühl geht immer ein Gedanke voraus und das Problem ist der Gedanke, nicht das Gefühl.

8. Setz Grenzen.

Mit Grenzen bestimmst du, wie die Leute mit dir umgehen dürfen und wie nicht. Sätze wie »Rede nicht in diesem Ton mit mir« oder »So lasse ich mich nicht behandeln« sind wichtig, damit wir psychisch gesund bleiben. Wir müssen uns von dem Gedanken lösen, dass andere uns weniger mögen könnten, und uns darauf besinnen, dass wir respektiert werden wollen. Wenn du dich bei einem bestimmten Menschen nicht traust, Grenzen aufzuzeigen, solltest du genau da anfangen. Akzeptiere seine Reaktion, aber vergiss nicht: Du bist nicht verantwortlich für seine Gefühle.

EINE WOCHE IM LEBEN EINER VERRÜCKTEN

VON

Ella Purnell

SCHAUSPIELERIN

Montag

Ich wache frühmorgens auf. Mit dem ersten Sonnenstrahl. (Mehr oder weniger.) Ich bin ausgeschlafen und richtig gut drauf. Die Vögel zwitschern! Der Himmel lacht! Für einen Moment vergesse ich sogar das Patriarchat! Mein Pony liegt perfekt. Ich trage die neuen weißen Schuhe, in denen ich viel stylischer aussehe, als ich eigentlich bin. Im Ernst, ich seh voll nice aus! Die Welt ist in Ordnung. Wie in einem verdammten Disneyfilm. Montage sind mein persönliches Wunschkonzert und das Leben ist einfach nur schön. Das wird MEINE Woche. Ich bin startklar. Ich könnte Bäume ausreißen. Alles ist super. Jep, du hast mich richtig verstanden. Alles ist gut. Alles. Absolut alles. Na ja, mehr oder weniger. Da ist sie wieder.

Dir auch einen guten Morgen, Karen.[2]

Meine Therapeutin hatte die Idee, meinen destruktiven Gedanken einen Namen zu geben. Dank ihr bin ich jetzt auch in der Lage, der frisch getauften Karen höflich, aber bestimmt mitzuteilen, dass sie sich verpissen soll. Wie meine

---

2 Karen: eine fiese Bitch. Leider nicht die Sorte Bitch, der ich eine reinhauen kann. Sondern eine unsichtbare – eine Stimme in meinem Kopf, die mir erzählt, wie scheiße ich bin. Die ganze Zeit. Und damit meine ich wirklich die ganze Zeit. Sie lässt einfach nicht locker und verletzt meine Gefühle dauernd auf erstaunlich kreative Art und Weise. (Das ist ungefähr so, als würdest du wieder bei deinen Eltern einziehen, nur schlimmer, und als wären sie, na ja, in dir drin. Jep. Mehr sag ich dazu nicht.)

Therapeutin ganz richtig erkannt hat, würde ich mir so ein Verhalten von niemandem gefallen lassen, warum also ausgerechnet von mir selbst? Irgendwie hilft es ja, die Tyrannin beim Namen zu nennen und sie zu beschimpfen. Trotzdem ist es scheißanstrengend, sich jeden Tag aufs Neue mit seinem eigenen Verstand zu streiten.

Heute zieht sich die Schlacht über sechs Stunden, eine Panikattacke und dreißig ungelesene E-Mails. Ich gebs auf. (Ist nur fair, Karen hat extra eine Sonderschicht eingelegt.) Wie es aussieht, sind Montage wohl doch kein Wunschkonzert. Als ich zu Hause ankomme, klebt mir der Pony verschwitzt im Gesicht, die weißen Schuhe sind grau und ich habe zwei Jobs und einen Ohrring verloren. Mein Hirn läuft auf Hochtouren. Ich bin total platt. Trotzdem beende ich den Tag mit meiner üblichen Abendroutine: einem Kräutertee und einem guten Buch. Ich verschütte den beschissenen Tee. Das bringt das Fass zum Überlaufen. Sofort ist die Hölle los. Ich bin eine Dramaqueen. Ein Tollpatsch. Eine Niete. Ich hasse meinen Verstand und mein nach Kamille duftendes Ich.

Verpiss dich, Karen.

Dienstag

Nach der Therapie fühle ich mich leichter.

Vor allem, weil mein Portemonnaie leer ist. Yeah! Depri UND pleite! Ich könnte eine zweite Hypothek auf das Haus aufnehmen. Oder es mit Glücksspiel probieren. Dann fällt mir wieder ein, dass ich gar keine Hypothek habe, geschweige denn ein Haus. Mir fällt ein, dass ich zu den Millennials gehöre, faul bin – außerdem BrExIt – und dass ich NIEMALS Hauseigentümerin sein werde, weil ich nur an meinem Handy hänge. Mir fällt ein, dass ich keine Ahnung von Steuern habe, und fange mitten im Bus an zu heulen.

Fast den ganzen Tag mache ich mir Sorgen und schiebe Panik – wegen absolut nichts. Ich. Kann. Einfach. Nicht. Abschalten. Es frustriert mich, dass ich so bin. Es frustriert mich, dass ich nicht weiß, warum ich so bin. Und es frustriert mich, dass ich offensichtlich die Einzige bin, der es so geht.

Das ist alles so frustrierend. Aber ich muss dieses Denkmuster durchbrechen. Ich erinnere mich daran, nett zu mir zu sein. Ich blase Treffen mit Freundinnen und Freunden ab. Jetzt gerade brauche ich mich dringender als sie. Ich habe ein schlechtes Gewissen, aber ich muss mich um mich selbst kümmern. Das verstehen sie bestimmt. Sonst sterbe ich einsam. So oder so: Ich will Eis!

Ich werde nach den Narben auf meinen Armen gefragt. Da ich niemanden in Verlegenheit bringen will, sage ich brav und gut gelaunt, dass alles in Ordnung ist. Ich versichere, dass wirklich alles in Ordnung ist, aber sie sollten mal meinen Gegner sehen.

Mittwoch

Ich wache auf und denke als Erstes an die Worte meines Exfreundes: Er hätte sich nicht auf mich eingelassen, wenn er gewusst hätte, wie viel Ballast ich mit mir herumschleppe. Ich bedanke mich bei Karen für diesen wundervollen Start in den Tag. Im selben Moment erinnere ich mich daran, dass derselbe Ex allergisch auf Sellerie reagiert. Was irgendwie zum Totlachen ist. Ich liebe meinen Verstand. Dann wird mir klar, dass ich verschlafen habe. Ich hasse meinen Verstand. Das Heulen hebe ich mir für nachher auf. Ich komme zu spät zur Arbeit.

Ich versuche mir ein paar Komplimente zu machen, bevor ich das Haus verlasse. Sozusagen als kleine Aufmunterung für unterwegs. Mir fällt nur eine Sache ein: Ich hab einen echt geilen Arsch. Keine Ahnung, ob das zählt, aber es klappt. Auf einmal sehe ich eine ganz andere Frau in mir und zwinkere mir im Spiegel zu.

Als ich die Spülmaschine ausräume, überkommt mich eine plötzliche Verzweiflung. Ich zerbreche mir den Kopf über den Sinn des Lebens. Ich frage mich, ob meine Eltern nicht lieber einen Sohn gehabt hätten und ob Fidget Spinner immer noch im Trend liegen. Mir fällt ein, dass ich zur Post wollte. Ich erinnere mich an die schreckliche Schulparty in der achten Klasse, als ich meine Periode bekommen habe. Es graut mir vor dem Tag, an dem der schräge Pony wieder angesagt ist. Ich weiß nicht, wer zum Teufel ich überhaupt bin und ob mein Vater recht hatte und ich nicht besser in Erdkunde statt in Religion meine Abschlussprüfung hätte ablegen sollen. Fange ich das Richtige mit meinem Leben an? Haben Katzen Knie?! War diese eine E-Mail zu passiv-aggressiv??? Schlägt bald ein Asteroid auf der Erde ein?!?! Ich habe vergessen, in welchem Verwandtschaftsverhältnis ich zu meiner Cousine stehe, rufe panisch meine Mum an und schreie unter Tränen ins Telefon: »Was war noch mal der Unterschied zwischen Cousinen ersten und zweiten Grades?« Alle machen sich schreckliche Sorgen.

Donnerstag

Ich wache angespannt und gestresst auf. Ich bin ohne Grund gemein. Ich habe viel zu tun, aber keine Zeit dafür. Warum kann ich so schwer Nein sagen?! Mein Hirn ist ein verknoteter Klumpen. Ich schreibe auf, was mir Kopfzerbrechen bereitet. Die Liste ist sieben Seiten lang. Ich könnte kotzen.

Ich atme bewusst ein und aus. Mir fällt mein alter Benutzername bei Tumblr wieder ein, »allesgehtvorbei«, und ich versuche, mir die Einstellung meines dreizehnjährigen Ichs zu Herzen zu nehmen. Ich ordne die Probleme auf meiner Liste nach Prioritäten und notiere mir Lösungen.

DANN HALTE ICH DREI DINGE AUF DEM PAPIER FEST, FÜR DIE ICH

DANKBAR BIN. DAZU HABE ICH ZWAR KEINE LUST, ABER ES MUSS SEIN. **WUNDERSAMERWEISE FUNKTIONIERT DAS JEDES MAL.**

Ich erlaube mir für einen kurzen Moment stolz auf mich zu sein, weil ich mir etwas Gutes getan habe. Ich erinnere mich daran, dass ich lernen muss, achtsamer mit mir umzugehen. Ich muss mein psychisches Wohlbefinden konsequent pflegen – auch wenn es mir in manchen Momenten so vorkommt, als hätte ich das nicht nötig. Ich ermahne mich, nett zu mir zu sein und mir meine Fehler zu verzeihen. Ich mache mir bewusst, dass ich noch auf dem Weg der Besserung bin, und gestehe mir zu, gute und schlechte Tage zu haben.

Ich frage mich, warum es mir so viel leichter fällt, Zeit für andere Leute zu finden statt für mich selbst. Ich frage mich, warum mein Gehirn sich ständig auf die negativen Dinge statt auf die positiven konzentriert. Ich frage mich, warum ich mich so schwer damit tue, mich so zu behandeln wie die Menschen, die ich liebe.

Ich kümmere mich den Rest des Tages um mich. Ich gehe spazieren. Ich sehe in den blauen Himmel mit den schön geformten Wolken. Ich nehme meine Vitamine. Ich kaufe mir eine neue Kerze in meinem Lieblingsladen. Ich wasche die

Bettwäsche. Ich bringe den Müll raus. Ich bestelle Ramen mit Hähnchen (eine Umarmung zum Löffeln – ist so!) und gucke meine Lieblingsserie. Ich liege ewig in der Badewanne und habe ein schlechtes Gewissen, weil ich so viel Wasser verbrauche. Ich gönne mir eine Gesichtsmaske und schneide mir die Zehennägel. Ich höre mir einen inspirierenden Podcast an und schreibe ein paar meiner Ziele auf. Ich schwöre mir, eine Social-Media-Pause zu machen, mir als Feministin mehr Mühe zu geben und meine Oma öfter anzurufen. Ich buche einen Yogakurs und miste meine Unterwäsche aus, Marie-Kondo-Style.

Läuft mit der Selbstfürsorge, mir gehts schon viel besser.

Freitag

Ich stürze in ein Instagram-Loch. Ihr wisst, wovon ich rede.

Die Beiträge zum Thema #feelgoodfriday bringen meine gesamte Existenzgrundlage ins Wanken, so minderwertig komme ich mir vor. Ich hasse mich dafür, dass ich wieder in diese Falle tappe. Ich scrolle endlos weiter und wünschte, ich könnte aufhören. Stattdessen rege ich mich über meine Daumen auf, die ein Eigenleben entwickelt haben, und über meinen Bauch, weil er nicht so flach ist wie ihrer, und warum hab ich mir die Haare schneiden lassen?!? Was zur Hölle mache ich hier eigentlich?! Wohin soll das bitte führen?!! Ich bin nicht gut genug! Ich bin nicht fleißig genug! Was hab ich mir nur dabei gedacht? Plagt mich jetzt den Rest meines

Lebens diese lähmende Angst, man könnte mich irgendwann – in absehbarer Zeit – entlarven und erkennen, dass ich wirklich zu rein gar nichts tauge????

Ich mache einfach nichts richtig. Ich schaue mir meine Narben an und ekle mich. Ich schäme mich für mein angeknackstes, empfindliches Ich. Ich schreie meine Mum am Telefon an und habe sofort ein schlechtes Gewissen. Dabei bin ich gar nicht wütend auf sie. Ich bin wütend auf mich. Ich bin wütend auf Karen. Ich bin wütend auf alles. Ich bin wütend, weil keine Duftkerze und kein Herabschauender Hund der Welt Depressionen heilen kann. Ich bin wütend, weil ich keine von diesen umwerfenden, von Natur aus tiefenentspannten Frauen aus den Filmen bin. Ich bin wütend, weil es solche Frauen überhaupt nicht gibt und wir trotzdem alle davon überzeugt sind. Ich bin wütend, weil es mir peinlich ist, wie mein Hirn tickt. Ich bin wütend, weil die Gesellschaft schuld daran ist. Ich bin wütend, weil wir nicht oft genug über unsere psychische Gesundheit reden. Ich bin wütend, weil die Finanzierungsmittel zur Versorgung psychischer Erkrankungen gekürzt wurden. Ich bin wütend, weil mein kleiner Bruder denkt, er dürfte vor anderen Menschen nicht weinen. Ich bin wütend, weil die Leute auf meine Arme gucken und mich direkt in eine Schublade stecken. Ich bin wütend wegen all der Male, die man mich als »zu emotional«, »zu kompliziert«, »kaputt« oder »verrückt« bezeichnet hat. Ich weiß, ich bin nur wütend, weil ich traurig bin. Am liebsten würde ich einfach nur heulen.

Fünf Stunden und zwei Panikattacken später habe ich mich in eine Art Deckenburrito verwandelt. Nie wieder verlasse ich dieses federweiche Kissengefängnis. Von jetzt an nehme ich nur noch im Schutz dieser tränennassen Selbstmitleidshöhle an Meetings teil. Alles wird gut.

Ich bin nicht mehr wütend. Nur traurig. Dieses Gefühl wird wohl niemals verschwinden. Für mich ist das okay. Es wäre nur schön, wenn das für den Rest der Welt auch okay wäre.

Samstag

Ich bin betrunken. (Schließlich bin ich Britin.)

Ich verbringe den Tag mit meiner besten Freundin und lache so viel, dass ich auf der Toilette meine Bauchmuskeln abtaste.

Meine Freundin erinnert mich daran, dass ich niemandem zur Last falle. Dank ihr kann ich die Maske ablegen, die ich trage, um stärker zu wirken. Ich merke, wie irre schwer sie war, und lasse den Tränen freien Lauf. Ich rufe mir ins Gedächtnis, dass es in Ordnung ist, um Hilfe zu bitten und sich anderen Menschen anzuvertrauen.

Sie erzählt mir von ihrer Woche. Ich bepisse mich fast vor Lachen und denke »Ich bin kein Einzelfall!« und liebe sie so sehr, wie man jemanden überhaupt nur lieben kann. Ich werde ganz rührselig, weil mein Herz so tief empfindet, und mir wird wieder klar, wie verrückt und fantastisch unser Verstand ist. Ich bin dankbar und glücklich, einen wie meinen zu haben. Ich spüre lieber alles auf einmal als gar nichts.

ICH KAPIERE, DASS ES IM LEBEN GENAU DARUM GEHT.
SCHÖNHEIT IN DEN KLEINEN DINGEN ZU FINDEN. DEN MOMENT ZU GENIESSEN.

Sensibel zu sein, und offen. Freundinnen abzuknutschen, sich mit warmen Käsetoasts vollzustopfen und nett zueinander zu sein. Ohne das Tief von gestern könnte ich mich nicht über das Hoch von heute freuen. Klingt kitschig – ist aber so. Wir haben unser Glück selbst in der Hand.

Wir sind auf einer Reise und entwickeln uns ständig weiter. Es lohnt sich. Sie ist wundervoll.

Und letzten Endes hat alles seinen Grund.

Sonntag
Drei Dinge, für die ich dankbar bin:

1. Ich bin dankbar für meinen Schmerz. Dafür, dass ich durch ihn empfänglich für den Schmerz anderer Menschen bin, sie verstehe und ihnen Empathie entgegenbringen kann.

2. Ich bin dankbar für meine blühende Fantasie. Dafür, dass sie mich zum Lachen bringt, mich kreativ sein lässt. Sie weckt meine Neugier auf die Welt und bietet mir eine einzigartige Sichtweise auf das Leben.

3. Ich bin dankbar für Karen. Dafür, dass sie mir zeigt, wie stark ich bin. Dass sie mich anspornt, zu reflektieren und zu wachsen. Dass sie mir die Möglichkeit gibt, mir selbst zu verzeihen, stolz auf mich zu sein. Sie lehrt mich jeden Tag, dass ich ein guter Mensch bin und Liebe und Respekt verdient habe.

Ich beende den Tag mit meiner üblichen Abendroutine: einem Kräutertee und einem guten Buch. Ich verschütte den beschissenen Tee. Ich lache über meine Tollpatschigkeit, denn ganz ehrlich? Das ist einfach megawitzig, und ich bin der Wahnsinn.

Ich mache mir noch eine Tasse Tee.

Geht doch.

DAS SCHWEIGEN BRECHEN

VON

Pia Kabitzsch

PSYCHOLOGIN, HOST DES YOUTUBE-CHANNELS

»PSYCHOLOGEEK«

Es ist Sonntag. Ich sitze mit einer Schulfreundin auf einer gestreiften Picknickdecke am See, wir essen Eis und genießen die Sonnenstrahlen auf unserer Haut. Zumindest sie genießt die Sonne, mir ist es viel zu hell und ich möchte am liebsten einfach wieder nach Hause. Ich kneife die Augen zusammen.

»Hey, irgendwie bist du in letzter Zeit komisch drauf, alles gut bei dir?«, fragt mich meine Freundin plötzlich. Ich nicke, murmle »Ja, ja, alles gut, mach dir keine Gedanken« und konzentriere mich auf mein Zitroneneis, das mir mittlerweile auf den Pulli tropft. Meine Freundin nimmt mir das »Ja, ja, alles gut« nicht ab. Verdammt. Ich meide ihren Blick. Sie legt ihren Arm um mich und sagt ganz leise: »Ich weiß nicht, was mit dir los ist, aber es ist okay, wenn es dir mal nicht gut geht. Ich glaube, das ist ganz normal.«

Ich schweige. Wenn es wirklich okay ist, warum erzähle ich ihr nicht einfach, dass bei mir eine Anpassungsstörung diagnostiziert wurde und ich jetzt zu einer Psychotherapeutin gehe? Warum versuche ich seit Wochen mit all meinen Kräften, mir nicht anmerken zu lassen, dass es mir schlecht geht? Und wenn es wirklich so normal ist, warum spricht niemand darüber? Warum kommt es mir so vor, als ob ich die Einzige mit psychischen Problemen bin?

Seit diesem Gespräch am See sind über zehn Jahre vergangen. Bei uns zu Hause ging es damals drunter und drüber. Meine Eltern haben sich scheiden lassen, mein Papa ist ausgezogen und mit meiner Schwester hatte ich kaum etwas zu tun, obwohl ihr Zimmer direkt neben meinem war. Wir haben uns damals nicht besonders gut verstanden. Ich habe mich allein gefühlt. Meine Mama hatte schließlich einen neuen Partner, mit dem ich nicht klargekommen bin, und mein damaliger Freund, meine erste große Liebe, hat sich von mir getrennt. Mir ging es immer schlechter. Ich konnte mich in der Schule nicht mehr konzentrieren, wollte nur allein sein, konnte nicht mehr richtig schlafen und hatte keine Lust mehr, auf gar nichts. Nicht mal mehr auf das Segeln, dabei hatte ich das so geliebt! Ich habe mich hilflos gefühlt, wusste nicht, was mit mir los war. Meine Lebensfreude war wie weggeblasen und ich war enttäuscht von mir, weil meine Schulnoten immer schlechter geworden sind.

Meiner Mama ist aufgefallen, dass etwas mit mir nicht stimmt. Sie hat gemerkt, dass das mehr als nur pubertäre Stimmungsschwankungen waren, dass ich ernsthaft krank war, und hat für mich nach professioneller Hilfe gesucht. Schon damals war es gar nicht so leicht, einen Therapieplatz zu bekommen, aber ich hatte Glück. Anfangs verlief die Therapie zwar etwas zäh, da ich nur unregelmäßig Termine bekommen habe. Aber allein schon zu wissen, dass ich Hilfe bekomme, war für mich eine große Erleichterung.

Als es mir wieder besser ging, habe ich die Schule gewechselt und die 12. Klasse wiederholt. Nicht, weil ich musste, sondern weil ich es wollte. Ich war unzufrieden mit meinem Notendurchschnitt und wusste, dass ich es besser kann. Der Neuanfang tat mir gut. Ich habe neue Leute kennengelernt, war fröhlich und konnte mich in der Schule wieder besser konzentrieren. Ich hatte das Gefühl, mein Leben wieder selbst in der Hand zu haben.

Nach dem Abitur ging ich für zwei Jahre in die USA. In meinem zweiten Jahr habe ich meinen damaligen Freund kennengelernt. Ich habe gleich am Anfang gemerkt, dass etwas mit ihm nicht stimmt. Er konnte sehr charmant sein, kam mir aber auch unberechenbar und manipulativ vor und hat mich nachts ohne Grund einfach rausgeschmissen. Erst später erfuhr ich, dass er unter der emotional instabilen Persönlichkeitsstörung leidet, besser bekannt als Borderline-Störung. Meine damalige Gastmutter war bzw. ist Psychologin und hat mir viel über diese psychische Erkrankung erzählt. Wir haben immer mehr über Psychologie im Allgemeinen gesprochen und sie hat mir einen kleinen Einblick in die psychologische Forschung gegeben. Ich war fasziniert. Ich wollte unbedingt mehr über uns Menschen erfahren, ich wollte verstehen, wie psychische Krankheiten entstehen, ich wollte verstehen, was genau damals mit mir los war. Zurück in Deutschland begann ich dann mein Psychologiestudium.

Während des Studiums entwickelte ich eine ganz andere Akzeptanz, ein ganz anderes Verständnis für mich und für meine Mitmenschen. Ich habe gelernt, dass es wirklich okay ist, nicht okay zu sein, und dass man sich für psychische Krankheiten auf keinen Fall zu schämen braucht. Und dass nicht okay zu sein auch statistisch gesehen etwas ganz Normales ist: Über 40 Prozent von uns sind nämlich irgendwann mal im Leben psychisch krank. Das ist fast jede zweite Person. Trotzdem trauen sich nur die wenigsten über ihre Erkrankung zu sprechen und sich Hilfe zu suchen.

Damals am See konnte ich nicht beschreiben, wovor ich genau Angst hatte. Warum ich meine Freundin mit einem »Ja, ja, alles gut« abgespeist habe. Warum niemand wissen durfte, dass ich eine Anpassungsstörung habe. Heute weiß ich, dass ich, genauso wie viele andere psychisch Kranke, Angst davor hatte, als »schwach« oder »verrückt« abgestempelt zu werden. Ich befürchtete, meine Freund*innen würden sich von mir abwenden, wenn sie erfahren, dass ich psychisch krank bin. Diese Angst vor einer Zurückweisung war für mich und ist nach wie vor für viele Betroffene sehr belastend. Man sagt, dass betroffene Menschen neben ihrer psychischen Krankheit häufig unter einer weiteren Krankheit leiden: der Stigmatisierung.

Ein Stigma ist, ganz allgemein gesagt, die Verknüpfung eines Merkmals wie eine psychische Erkrankung mit gewissen Vorurteilen, z. B. schwach, verrückt oder gefährlich zu sein. Stigmatisierung kann sich negativ auf das Selbstwertgefühl und das Wohlbefinden auswirken und die Lebensqualität von Betroffenen maßgeblich reduzieren. Ich habe damals gedacht, dass ich mein Leben nicht mehr unter Kontrolle habe, und habe mich von meinen Freund*innen und meiner Familie zurückgezogen. Nicht weil ich Stigmatisierung von anderen erfahren habe, sondern weil ich mich selbst stigmatisiert habe. Ich habe von mir selbst gedacht, dass ich schwach und nichts wert sei.

Nicht nur privat, sondern auch in der Arbeitswelt können psychisch Kranke Stigmatisierung erfahren. Ihnen kann zum Beispiel eine Verbeamtung oder die Chance für eine berufliche Weiterentwicklung verwehrt werden. Aus Angst vor Stigmatisierung holen sich viele Betroffene erst spät oder auch gar keine professionelle Hilfe. Auch ich habe lange versucht mir nichts anmerken zu lassen und das Ganze mit mir selbst auszumachen. Als meine Mama dann professionelle Hilfe für mich gesucht hat, ging es mir schon einige Wochen schlecht. Dabei ist eine schnelle Behandlung bei psychischen Störungen für den Krankheitsverlauf sehr wichtig – genauso wie bei körperlichen Krankheiten.

Ein Hauptgrund für die bis heute anhaltende Stigmatisierung von psychisch Kranken ist die Tatsache, dass immer noch viel zu wenig über psychische Erkrankungen gesprochen und aufgeklärt wird. Die meisten Menschen wissen beispielsweise gar nicht, dass hinter Depressionen so viel mehr als »nur« Traurigkeit steckt, und dass Depressionen nichts mit Schwäche zu tun haben. Oder, dass die meisten psychischen Störungen gut behandelbar sind. Teilweise sogar besser als körperliche Erkrankungen. Dazu kommt, dass viele ihr »Wissen« über psychische Erkrankungen aus Filmen, Fernsehen und Büchern haben. In Spielfilmen oder in

Thrillern werden psychische Krankheiten aber häufig überzogen und teilweise sogar falsch dargestellt. Psychiatrische Einrichtungen werden als unheimlich und angsteinflößend beschrieben, was nicht der Realität entspricht. Auch der Fakt, dass über psychisch Kranke immer wieder im Zusammenhang mit Gewalttaten in den Medien berichtet wird, führt dazu, dass psychische Erkrankungen weiterhin stigmatisiert werden. »Der Täter bzw. die Täterin ist psychisch krank« – näher wird das in den Medien häufig nicht spezifiziert. Somit werden alle psychisch Kranken in die Schublade »gefährlich« gesteckt, ganz egal, unter welcher psychischen Störung sie leiden. Das ist so, als würde man ein gebrochenes Bein und einen Herzinfarkt in die Schublade »körperlich krank« packen. Durch solche Statements wird fälschlicherweise der Eindruck erweckt, dass psychisch Kranke besonders gewalttätig und gefährlich sind.

Psychische Krankheiten gehen uns alle etwas an. Auch wenn man es nicht wahrhaben möchte, kann wirklich jeder bzw. jede von uns nicht nur körperlich, sondern auch psychisch krank werden und somit von Stigmatisierung betroffen sein. Wir Menschen neigen dazu, es uns leicht zu machen und in Kategorien zu denken. Wir stecken unsere Mitmenschen in Schubladen, ohne böse Absicht. Des Weiteren neigen wir dazu, uns mit anderen zu vergleichen, und entfernen uns tendenziell von Leuten, die gesellschaftlich als unnormal gelten, um unseren eigenen Selbstwert aufrechtzuerhalten.

STIGMATISIERUNG IST ALSO ZUM TEIL MENSCHLICH, TROTZDEM IST DAS KEINE ENTSCHULDIGUNG.

STIGMATISIERUNG IST NICHT OKAY UND ES MUSS SICH DRINGEND ETWAS ÄNDERN!

Um der Stigmatisierung von psychisch Kranken entgegenzuwirken, ist ein offener Umgang mit psychischen Störungen in unserer Gesellschaft wichtig. Psychische Erkrankungen dürfen nicht länger tabuisiert werden. Es muss darüber gesprochen werden, so als wäre es das Normalste der Welt, denn das ist es schließlich auch.

Informiere dich und versuche psychisch Erkrankten vorurteilsfrei und respektvoll zu begegnen. Biete deine Hilfe und Unterstützung an, anstatt zu verurteilen. Lass uns gemeinsam einen Unterschied machen, in unserem Leben und im Leben unserer Mitmenschen. Gemeinsam sind wir so was von okay!

DENKEN WIE EIN TIER

VON

Matt Haig

AUTOR

Beginnen wir mit dem Offensichtlichen.

Du bist ein Tier.

Ein kluges Tier, ja. Ein Tier, das gerade ein Buch liest. Trotzdem bist du ein Tier.

Alles, was du tust, tut ein Tier.

Wenn du deine Lieblingsmusik auf Spotify hörst, bist du ein Tier, das seine Lieblingsmusik auf Spotify hört.

Wenn du ein Peeling machst oder meditierst oder tanken fährst oder Monopoly spielst oder Karaoke singst oder dich bei Twitter einloggst oder zum Bus rennst oder jemanden bei Mario Kart schlägst, wenn du ein Vorstellungsgespräch hast oder online shoppst oder deine Schnürsenkel bindest oder auf einem Laufband joggst oder Alexa etwas fragst oder Dostojewski liest oder Ashtanga Yoga machst oder eine Scheibe Toast isst oder eine Textnachricht ignorierst oder eine Geburtstagskarte schreibst oder ein Emoji aussuchst oder bei einem Film weinst oder einen Wochenendtrip nach Barcelona buchst – es ist ein Tier, das diese Dinge tut.

Natürlich weißt du das.

Jeder weiß, dass der Mensch dem Tierreich zugeordnet ist.

Jeder weiß, dass wir Säugetiere sind.

Jeder weiß, dass wir – wie Gorillas, Schimpansen, Orang-Utans und Bonobos – große Affen sind. Menschenaffen.

Jeder weiß, wenn Tiere Teil der Natur sind, dann sind auch wir Teil der Natur. Und den meisten von uns dürfte auch klar sein: Wenn wir Teil der Natur sind, sind wir auch abhängig vom Rest der Natur. Da muss man gar nicht groß um die Ecke denken.

Und, seien wir ehrlich, die Natur hat gerade nicht besonders viel Spaß.

Vielleicht besteht also ein Zusammenhang zwischen den Problemen, die wir unserer Umwelt bereiten – so verheerend, das kann man sich kaum vorstellen –, und den Problemen in unseren Köpfen.

Denk mal darüber nach.

Wir schlafen nicht mehr, wenn wir es eigentlich dringend nötig hätten, weil wir immer länger aufbleiben und Netflix gucken.

Wir essen nicht mehr das, was die Menschen einst gejagt und gesammelt haben.

Unser natürlicher Aufwachinstinkt wurde vom Wecker abgelöst. Unser natürliches Alarmsystem, das bei drohender Gefahr anspringt, ist durch ständige Eilmeldungen überreizt. Unsere natürliche Angst vor Vergänglichkeit wird von der milliardenschweren Anti-Aging-Industrie ausgenutzt.

Kein Wunder, dass die Natur zunehmend als Heilmittel für die psychische Gesundheit angesehen wird. Ökotherapie ist inzwischen ein Trend. Aus immer mehr Studien geht hervor, dass das, womit wir unseren Planeten versauen, auch unsere Gesundheit versaut. Studien zeigen, dass Angststörungen in gleichem Maße zunehmen wie die Umweltzerstörung. Und das liegt nicht nur an der »Öko-Angst« – die nur allzu verständliche, existenzielle Angst davor, was unsere Spezies dem Planeten antut. Möglicherweise haben wir einfach vergessen, dass wir die Natur sind. Wir können nicht die natürliche Ordnung der Dinge aus dem Gleichgewicht bringen, ohne uns selbst aus dem Gleichgewicht zu bringen.

Eines der Probleme für den Umweltschutz und die psychische Gesundheit ist zudem, dass wir uns nicht wirklich als Teil der natürlichen Umwelt fühlen. Sehr oft, wenn wir das Wort »Tier« sagen, meinen wir zum Beispiel ein Tier, das nicht wir sind. Wir meinen ein nichtmenschliches Tier. Wir meinen nicht die Leute, mit denen wir zusammenleben, oder die, mit denen wir arbeiten. Wenn wir über das »Tierreich« sprechen, dann meinen wir nicht Sophie aus der IT-Abteilung oder Mahmoud aus der Buchhaltung. Wir sprechen nicht von Elon Musk oder Beyoncé oder J. K. Rowling. Wir reden nicht von unseren Eltern oder Geschwistern oder Kindern oder Partner*innen.

Nein.

In den meisten Fällen sprechen wir über Pandas und Seelöwen und Pferde und die anderen neun Millionen bekannten Spezies. Tierische Tiere.

Im Umgang mit uns selbst spiegelt sich eine individualistische Konsumkultur wider, in der wir stets nach mehr, nach Neuem streben und Altes loswerden wollen. Der Wunsch nach Likes in den sozialen Medien drängt uns dazu, alles zu optimieren, von der Kalorienaufnahme bis hin zur Schrittzahl.

Die Konsumwirtschaft lebt von unserer Unzufriedenheit.

Jedes Neujahr stürzen wir uns auf die guten Vorsätze, als wären wir ein Smartphone, bereit für ein Update. Wir überfrachten unseren Geist mit psychologischem Abfall wie eine

Mülldeponie: mit all dem Unsinn darüber, wie wir uns fühlen und wie wir aussehen und sein sollten.

Vielleicht müssen wir nicht nur die Welt zum Wohle der Artenvielfalt zur Natur zurückführen, sondern auch uns selbst, unserer psychischen Gesundheit zuliebe. Wir sollten die Schönheit in den Dingen sehen, die man uns als hässlich verkauft, genauso wie wir den Wert der Pflanzen erkennen sollten, die als Unkraut gelten. Es ist nichts Unnatürliches oder Falsches an einer Falte in unserem Gesicht, ebenso wenig wie an Klee oder Löwenzahn auf einer Wiese.

Vielleicht sollten wir uns endlich verabschieden von all den toxischen Aspekten der modernen Arbeit, der sozialen Interaktion und des Konsumlebens. Denn oft liegt alles, was wir brauchen, direkt vor uns: Wir müssen nur in den Spiegel blicken.

WIR SIND SO PERFEKT WIE ALLES ANDERE IN DER NATUR, DENN **WIR SIND DIE NATUR.** WIR SIND VOLLKOMMEN GEBOREN. **WIR SOLLTEN ES UNS NICHT SO SCHWER MACHEN** UND WIEDER LERNEN ZU ATMEN.

Es fällt so viel leichter, sich eins mit der Welt zu fühlen, wenn wir erkennen, dass wir die Welt sind.

FABELHAFT UND ABGEFUCKT

VON

Prof. Tanya Byron

BERATENDE KLINISCHE PSYCHOLOGIN, AUTORIN,
JOURNALISTIN, TV-EXPERTIN

Ich bin klinische Psychologin und liebe meine Arbeit. Tatsächlich glaube ich, dass ich von all meinen Bekannten den tollsten Job habe: In meinen Sprechstunden treffe ich jeden Tag auf außergewöhnliche Persönlichkeiten, die sich mutig dazu entschlossen haben, ihre psychischen Probleme anzugehen. Für mich ist es nicht selbstverständlich, ihnen in der wahrscheinlich verletzlichsten Zeit ihres Lebens beizustehen und ihnen das Vertrauen zu geben, dass wir gemeinsam einen Weg durch die Dunkelheit zurück ins Licht finden. Es ist ein Privileg.

Während ich dies schreibe, denke ich an die vielen unglaublichen Menschen, mit denen ich in all den Jahren zusammengearbeitet habe. An jene, die Missbrauch und Traumata durchlitten haben und entweder von ihren jüngsten Erfahrungen erschüttert sind oder aber Jahre später zu mir kommen, wenn sie die drückende Last nicht länger tragen können. An jene, für die ein unvorhergesehenes Ereignis alles zerstört hat, was sie über sich und ihr Leben zu wissen glaubten. Und an jene, die ihren Ballast aus der Kindheit nicht abschütteln können.

Obwohl ihre Probleme vielfältig und unterschiedlich sind, ist eines stets gleich: das Schamgefühl, das sie alle mitbringen, wenn sie sich zum ersten Mal Hilfe suchen.

ICH GEBE IHNEN ZU VERSTEHEN, DASS ES **NICHTS** GIBT, WOFÜR SIE SICH ZU SCHÄMEN BRAUCHEN.

Dafür nehme ich mir Zeit – noch bevor wir über die eigentlichen Schwierigkeiten sprechen. Würden sie sich etwa schämen, wegen eines körperlichen Leidens einen Arzt aufzusuchen? Nein. Nun, Körper werden müde, ausgelaugt, manchmal verletzt, und so geht es auch dem Geist. Ich erkläre ihnen, dass sie normal sind.

Wir alle wissen, dass es in der entwickelten Welt um unsere körperliche Gesundheit so gut steht wie noch nie. Gleichzeitig ist unsere psychische Gesundheit im denkbar schlechtesten Zustand. Wir leben länger, aber auch miserabler. Wie ist es dazu gekommen? Mein Herz rast vor Verzweiflung, wenn ich in die Augen eines Kindes schaue, das am liebsten tot wäre – selbst nach dreißig Jahren klinischer Praxis. Suizid ist aktuell die häufigste Todesursache bei Männern zwischen neunzehn und vierundvierzig Jahren. Großbritannien hat die höchste Rate von Selbstverletzungen in Europa. Depressionen bei Teenagern haben in den letzten fünfundzwanzig Jahren um 70 Prozent zugenommen. Essen, Alkohol- und Drogenkonsum haben sich zu den beliebtesten Bewältigungsmechanismen entwickelt. Warum sind wir so unglücklich?

Unsere Welt ist extrem schnelllebig. Ständig tröpfeln über die vielen sekundenaktuellen Nachrichtenplattformen neue Tragödien herein. Kinder werden in einem Gefängnis aus Regeln aufgezogen, weil wir krampfhaft um ihre Sicherheit besorgt sind. Doch damit nehmen wir ihnen die Möglichkeit, sich frei zu bewegen, Risiken einzugehen und etwas über sich selbst und ihre Umwelt zu lernen.

In unserem Bildungssystem dreht sich alles um Lernziele und Tests, und wir priorisieren fetischartig den IQ statt dem EQ (emotionale Intelligenz). Fehler zu machen, zu versagen, ist keine Option. Erfolg wird materiell gemessen, nicht emotional. Das Älterwerden wird abgewertet, indem man Falten ausmerzt. Wir leben in einem ständigen Zustand von Überreizung, Angst und Wut. So viel Wut.

Das ist das Auffälligste an alldem – jedenfalls für mich: Die Zunahme von Angst, Wut, Selbsthass und Depressionen, die ich und meine vielen brillanten Kolleg*innen jeden Tag erleben. Und das in einer Zeit, in der wir psychologisch bewusster, selbsthilfeerfahrener, achtsamer, meditativer und mehr auf Medikamente eingestellt sind als je zuvor. Wir wissen, was wir tun können, um uns besser zu fühlen. Trotzdem fühlen wir uns schlechter. Wie kann das sein?

Ich glaube, dass ich es im Alter von zweiundfünfzig Jahren jetzt endlich verstanden habe – nach einer Phase klinischer Depression (es kam einiges zusammen: der Mord an meiner Großmutter, lähmende postnatale Depression und der plötzliche, unerwartet frühe Tod meines geliebten Vaters). Das Problem ist, dass wir nicht wissen, wie man unglücklich ist. Im klinischen Umfeld sprechen wir von einem »Mangel an Stresstoleranz«.

Unglücklich zu sein ist nicht dasselbe wie eine Depression. Stress und Angst sind nicht dasselbe wie eine Angststörung. Vielleicht sind wir alle ein bisschen durcheinander? Haben wir bei unserem Streben nach einem glücklichen, produktiven Leben vergessen, dass es normal ist, wenn wir uns phasenweise niedergeschlagen, ängstlich und unglücklich fühlen? Wenn wir unglücklich sind, geraten wir dann in eine dunkle Spirale, weil wir uns für unsere Verletzlichkeit verabscheuen und uns dafür hassen, nicht in Bestform zu sein? Wir wissen doch, dass der Verstand, ebenso wie der Körper, verletzt werden kann. Glauben wir etwa trotzdem, wir würden unser Leben nicht auf die Reihe bekommen, wenn uns das passiert? Trägt das etwa dazu bei, dass wir uns schämen, wenn wir bei psychischen Problemen um Hilfe bitten? Ja, wir schämen uns, weil wir glauben, wir hätten versagt.

Ich verstehe das. Es gefiel mir nicht, klinisch depressiv zu sein. Genau genommen habe ich es sogar gehasst. Ich fühlte mich so unglücklich, dass ich es nicht ertragen konnte, aber noch viel schlimmer: Ich konnte mich selbst so unglücklich nicht ertragen. Obwohl die Depression mir förmlich ins Auge sprang, wollte ich sie nicht sehen. Ich wollte nicht akzeptieren, dass es mir, einer Psychologin, mal nicht gut ging. Ich kannte mich mit diesen Dingen aus, ich behandelte Menschen mit Depressionen, mir konnte so etwas doch unmöglich passieren. Zum Glück wurde meine arrogante Verleugnung von jenen um mich herum durchbrochen, die meine Krankheit nicht als Versagen ansahen – sondern als Krankheit. Mit der Liebe und Unterstützung meines wunderbaren Mannes gestand ich mir schließlich ein, dass ich mich in Behandlung begeben sollte. Mir wurde klar: Nachdem ich meinen Patient*innen jahrelang gesagt hatte, dass sie sich nicht zu schämen brauchen, musste ich mir nun das Gleiche sagen. Genau das tat ich schließlich auch, und mit Therapie und Medikamenten verschwand meine Depression und ich kehrte ins Licht zurück.

Vor meiner Erkrankung war ich gut in meinem Job; jetzt bin ich noch viel besser darin. Ich habs kapiert. Wie ich es kapiert habe? Durch das, was mein Mann gesagt hat, als ich depressiv war:

»Tan«, sagte er. »Du bist fabelhaft, wirklich. Ich liebe dich. Du bist fabelhaft, aber du bist auch abgefuckt, und im Augenblick hat dieser Teil von dir die Oberhand gewonnen. Komm, wir suchen dir Hilfe, damit du dein Gleichgewicht wiederfindest.«

FABELHAFT UND ABGEFUCKT.

DAS BRINGT ES AUF DEN PUNKT.

DAS SIND WIR ALLE. **MAN NENNT ES MENSCHSEIN.** LASST UNS DAS FEIERN, ANSTATT ANGST DAVOR ZU HABEN.

Und schämen wir uns nie, niemals, wenn die Herausforderungen des Lebens uns überwältigen und der abgefuckte Teil das Ruder übernimmt. Genau das nennt man nämlich Menschsein.

EINE GESCHICHTE AUS ZWEI STÄDTEN

VON

Jo Irwin

BLOGGERIN, AKTIVISTIN FÜR PSYCHISCHE GESUNDHEIT

Anderen Leuten psychische Probleme zu erklären, ist wie ein Auftritt vor unberechenbarem Publikum.

Du weißt nie genau, wer im Zuschauerraum sitzt. Vielleicht redest du mit Menschen, die dich verstehen und eine Vorstellung davon haben, wie sich so ein Labyrinth im Kopf wirklich anfühlt. Oder mit Menschen, die das nicht verstehen – und trotzdem lächeln und nicken sie, während du ihnen von Phasen berichtest, in denen du sogar Zähneputzen auf eine To-do-Liste schreiben musst, weil du in ständiger Angst lebst, alles zu vergessen. Oder du redest mit denen, die glauben, eine Zwangsstörung zu haben, weil sie gern farblich zusammenpassendes Büromaterial kaufen. Oder du erwischst das Grüppchen, das von Depressionen spricht, wenn die Packung Chips fast leer ist.

Vielleicht fühlst du dich also verstanden und nicht allein.

Oder du fühlst dich, als wolltest du dir am liebsten einen farblich passenden Bleistift ins Auge rammen.

Es ist echt hart, die richtigen Worte für psychische Probleme zu finden, vor allem, wenn die Leute nur eine einzige Version von dir kennen.

Wenn Leute mich kennenlernen, können sie sich meistens kaum vorstellen, dass ich ein solches Labyrinth im Kopf habe.

Von außen betrachtet habe ich einen super Job und tolle Freund*innen. Gelegentlich fühlen sich die Leute auch wohl bei mir, weil ich sie zum Lachen bringe oder aufmuntere. Ich setze mich für Initiativen zu psychischer Gesundheit ein und bin schon auf Bühnen, im Radio und sogar im Buckingham Palace aufgetreten. Die Menschen sehen eine Person, die kein Blatt vor den Mund nimmt (sprich: eine große Klappe hat), die entschlossen, ja geradezu selbstbewusst ist.

Darunter verbirgt sich jedoch eine andere, weniger lustige Wahrheit. Die andere Version von mir wird von blinder Angst angetrieben. In meinem Kopf gibt es einen Haufen von Selbstzweifeln und eine Stimme, die mir die meiste Zeit einredet, dass ich eine komplette Vollidiotin bin. Ich war schon wegen Panikattacken im Krankenhaus. Ich erlebe Phasen der Depression, in denen ich nicht in der Lage bin, zu duschen, geschweige denn zur Arbeit zu gehen oder gar mit einem Prinzen zu sprechen.

PSYCHISCHE GESUNDHEIT IST KOMPLIZIERT, NUR SCHWER ZU STEUERN UND NOCH SCHWIERIGER ZU ERKLÄREN – VOR ALLEM, WEIL MAN NIE SO RICHTIG WEISS, AN WELCHES PUBLIKUM MAN GERÄT.

Im Sinne dieses Projekts werde ich es trotzdem versuchen, wahrscheinlich auf die verworrenste Art, die man sich überhaupt nur vorstellen kann.

Denn wenn die Psyche leicht zu erklären wäre, könnte man sie vermutlich auch ohne Weiteres wieder in Ordnung bringen.

Eine Geschichte aus zwei Städten

Mein Verstand fühlt sich oft an, als wäre er in zwei Hälften geteilt. Zwei verschiedene Städte mit zwei sehr unterschiedlichen Lebensweisen.

Die eine Stadt ist ein heller, luftiger Ort. Voller grüner Parks, Luftballons und beschwipster Menschen, die Cocktails schlürfen und an interessanten Plätzen picknicken. In ihrer leichten Sommergarderobe laufen sie erhobenen Hauptes umher und grüßen sich mit: »Wow! Du siehst hinreißend aus!« Die Leute haben sinnstiftende Jobs, Selbstvertrauen und Beziehungen, die ihnen den Rücken stärken. Alle verstehen sich miteinander – das Leben ist einfach, es ist angenehm und es riecht ein bisschen nach überteuerter Bodylotion. Ein sicherer Ort, einer, an dem man sich wohlfühlt. Oft kommt man sich dort vor wie im Urlaub. Genieß es, solange du kannst. Wir sehen uns Dienstag in einer Woche vorm Fernseher wieder.

Die andere Stadt ist trostlos. Ein weitläufiger Beton-Dschungel voller Elend, wo die Menschen sich ständig in die Haare kriegen. Es ist bewölkt, man findet sich kaum zurecht, und auch hier trinken die Leute. Aber statt an filmreifen Martinis zu nippen und freundlich zu sein, saufen sie Bier. In ihren schlecht sitzenden Klamotten lehnen sie an Müllcontainern und rufen einem im Vorbeigehen »Hässliche

Schlampe!« zu. Niemand hat viel für sie übrig. Wenn sie arbeiten, dann in fensterlosen Gebäuden mit Teppichfliesen und Plastikpflanzen. Wenn sie nicht arbeiten, schlurfen sie nur umher und prüfen schnüffelnd, ob sie ihre Klamotten noch einen Tag länger tragen können. Die Gegend ist zwielichtig, nicht sicher und wirkt beunruhigend.

Das Pendeln

In schlechten Phasen plagt dich jeden Abend die Ungewissheit, in welcher Stadt du am nächsten Morgen aufwachen wirst. In richtig schlechten Phasen wirst du in der einen wach, steigst in der anderen aus der Badewanne und weinst dich irgendwo dazwischen in den Schlaf.

Der springende Punkt ist: Irgendetwas bringt dich von dem netten Ort mit den tollen Menschen in diesem nach Müll stinkenden Moloch, in dem auf Schritt und Tritt Gefahr zu lauern scheint. Auf die Reise kommt es an. Es ist, als würdest du in einen Bus springen. Auf dem Weg nach Superstadt kommst du an Haltestellen wie der Glaub-an-dich-Straße und dem Freu-dich-auf-morgen-Park vorbei. Der Bus ist angenehm klimatisiert, kommt pünktlich und bremst umsichtig. Er ist voll mit Leuten, die nach frischer Wäsche duften und Super-Smoothies trinken, um Superkräfte aufzutanken.

Wenn du nach Kackstadt fährst, liegen auf dem Weg Haltestellen wie die Du-Witzfigur-Sackgasse und das Gib-endlich-auf-Industriegebiet. Die Sitze sind vollgepinkelt und auf dem Boden liegen weggeworfene Chicken-Nuggets-Schachteln. Die Scheiben sind dermaßen beschlagen, dass du nicht sehen kannst, wohin du fährst. Und der Bus ist vollgestopft mit Leuten, die mit der Nase in den Achselhöhlen der anderen hängen. Am liebsten würden sie einfach schnell zu Hause sein, im Dunkeln sitzen und noch ein bisschen weinen.

Wer im Bus am Steuer sitzt

Ich habe viel darüber nachgedacht und schätze, dein Ziel hängt davon ab, wen du ans Steuer deines Busses setzt. Warte, lass es mich erklären.

DU BIST DIE CHEFIN, DER BOSS. DU KÜMMERST DICH UM SCHICHTPLAN, JAHRESURLAUB, BONUSZAHLUNGEN (OKAY, JETZT GEHTS MIT MIR DURCH). **DARUM HAST DU DIE KONTROLLE DARÜBER, WER AN WELCHEM TAG FÄHRT – SOFERN DU DAZU IN DER LAGE BIST.**

Ich bin schließlich zu dem Schluss gekommen, dass ich mindestens elf charakterstarke Fahrerinnen in meiner Belegschaft habe. Und je nachdem, wen ich ans Steuer lasse oder wer einen Tag freibekommt, lande ich an dem einen oder anderen Ort.

Und hier sind sie, meine Mädels …

Sandra Selbsthass

Sie ist ein echtes Miststück. Ihr Lieblingssong ist ein krankes kleines Wiegenlied, eigentlich nur die Zeile »Du bist scheiße und du weißt es« in Endlosschleife. Sie kritisiert alles, was ich mache: Sie hinterfragt jede meiner E-Mails, jede Unterhaltung und jede einzelne Kalorie, die ich zu mir nehme. Sie sagt mir, dass ich nicht gut genug bin, dass ich nicht gewinnen kann, dass ich nichts wert bin.

Sie fährt den Bus sehr oft – sie hatte Dienst, als ich den Mut verlor, mich um so manchen Traumjob zu bewerben, und bei dem einen oder anderen Date mit ziemlich fragwürdigen Typen.

Paula Panik

Wenn P. am Steuer sitzt, bin ich ein nervliches Wrack mit einer Extraportion Schuldgefühlen. Ich weiß immer genau, wann sie Schicht hat, denn wenn ich aufwache, fühle ich mich krank – so nervös, als hätte ich das wichtigste Vorstellungsgespräch meines Lebens, so schuldig, als hätte ich im Schlaf aus Versehen einen Mord begangen, und so panisch, als hätte ich es wirklich getan. Die Nerven liegen den ganzen Tag lang blank. Alltägliche Dinge wie in einen Zug steigen, einen Toast aussprechen oder einfach einkaufen gehen erscheinen plötzlich beängstigend und unmöglich[3]. Paula löst diese Panikattacken aus.

Debbie Depri

Tja, wenn sie im Dienst ist, könnte sie den Bus ebenso gut direkt auf eine Backsteinmauer zusteuern. Sie gibt mir beim Aufwachen das Gefühl, meine Knochen wären aus Blei und als würde alles, was sich außerhalb meiner vier Schlafzimmerwände befindet, es nur noch schlimmer machen. Sie ruiniert meinen Schlafrhythmus und macht aus Zähneputzen eine unüberwindbare Hürde. Durch sie spüre ich zwei Dinge sehr deutlich: Leere und Einsamkeit. Wenn Debbie am Steuer sitzt, fühle ich mich selbst in einem Zimmer voller Leuten, die ich liebe, wie der einzige Mensch auf Erden. Ich hasse es, wenn Debbie zur Arbeit kommt, und sie ist von allen diejenige, die am wenigsten Pausen einlegt. Was für eine sture Ziege!

Nancy Nachtschweiß

Sie produziert das, was auf ihrem Dienstausweis steht. Durch sie habe ich die schrecklichsten, realistischsten Weltuntergangsträume. Ich wache nachts schweißgebadet auf,

---

3 Als Paula vor einigen Wochen die Oberhand hatte, saß ich fünfundzwanzig Minuten lang vor dem Supermarkt und war überzeugt davon, dass beim Betreten des Ladens irgendetwas Schlimmes passieren würde. Also bin ich wieder nach Hause gefahren und habe die Milch, die ich brauchte, erst drei Tage später besorgt.

überzeugt davon, dass meine Wohnung gerade Schauplatz eines terroristischen Anschlags wird.

Wenn Nancy Feierabend macht, übernimmt für gewöhnlich Paula. Die beiden sind ein Herz und eine Seele.

Muriel Muffensausen

Sie macht sich ständig entsetzliche Sorgen. Über den Blick, den meine Mutter mir zugeworfen hat, über das Haltbarkeitsdatum auf dem Joghurt im Kühlschrank, über meine Gesundheit, die Gesundheit anderer, meine Beziehungen, den Kerl, den ich zwar nicht kenne, aber jeden Morgen im Zug sehe, meine Zukunft, meine Perspektiven, darüber, wie meine Zehennägel wachsen.

Muriel ist eine hartnäckige Pessimistin und seit fast fünfundzwanzig Jahren nicht mehr aus meinem Bus ausgestiegen. Sie sitzt nicht dauernd am Steuer, aber sie lungert immer hinten irgendwo herum und stiftet Unruhe.

Carol Chaos

Zwei Worte: Völliges. Durcheinander. Bei ihr würde ich glatt vergessen zu pinkeln, ganz zu schweigen davon, mich daran erinnern, wo ich das Auto geparkt habe. Wenn sie da ist, bin ich vollkommen durch den Wind. Verwirrt, desorientiert und absolut unfähig, mich bei Netflix für irgendetwas zu entscheiden.

Wenn Carol fährt, kann man Muriel oft vom Rücksitz rufen hören: »Wahrscheinlich ist es Demenz«, was diese Schicht stets zu einem noch größeren Vergnügen macht.

Wilma Weinerlich

Wilma ist überempfindlich und sitzt nur am Steuer, wenn ich in den dunkelsten Gassen von Kackstadt unterwegs bin. Sie bringt mich zum Weinen, wenn ich über die Einsamkeit der alten Leute im Bus nachdenke und mir dann wochenlang Sorgen um sie mache. Sie bringt mich zum Weinen, wenn die Mikrowelle plingt, weil ich sowieso schon ein schwaches Nervenkostüm habe. Und sie bringt mich sogar im Schuhgeschäft in der Drei-für-zwei-Abteilung zum Weinen, weil meine Weihnachtsgeschenke bestimmt so schlecht ankommen werden, dass ich das Fest nächstes Jahr alleine verbringen muss.

Wilma kommt und geht, aber während der Weihnachtstage macht sie immer Überstunden.

Kim Kompliment

Kim sagt mir morgens, wie gut ich aussehe. Dass ich tolle Arbeit geleistet habe. Dass ich mit mir zufrieden sein und mich nicht darüber wundern sollte, wenn mein Freund mir sagt, er liebt mich.

Kim ist eine faule Kuh, die nur selten zur Arbeit erscheint.

Sue Standhaft

Gott weiß, wo sie herkommt, aber hin und wieder taucht sie auf, rockt ein Meeting oder einen Lauf oder eine Nacht mit Freundinnen und Freunden und hinterlässt ein Hochgefühl bei mir, das noch Tage anhält. Sie nimmt das Leben, wie es ist, und kriegt nicht die Krise, wenn es hart auf hart kommt. Sie ist die Projektleiterin in mir, die gute Freundin, die Standhafte.

Ich liebe Sue über alles – sie ist meine beste Fahrerin, deshalb habe ich sie nach meiner Mutter benannt.

Ruth Resolut

Ihren Charakter sollte man nicht unterschätzen. Sie kennt meine Stärken und gibt meinem mangelnden Selbstbewusstsein Kontra.

Sie ist diejenige, die mir sagt: »Dein Boss hat dich nicht aus Gefälligkeit angestellt, er weiß genau, dass du einiges auf dem Kasten hast.« Sie drängt mich zu Dingen, für die ich ihr mit Sicherheit ewig dankbar sein werde.

Sie fährt den Bus nicht oft genug. Doch sie fuhr ihn an dem Tag, an dem ich den London-Marathon lief, an dem Tag, an dem ich den Entschluss fasste, die Branche zu verlassen, die mich nicht länger glücklich machte – und an dem Tag, an dem ich zusagte, diese Zeilen zu schreiben.

Lisa Lässig

Ehrlich gesagt ist sie noch nie bei der Arbeit erschienen.

DAS SIND SIE ALSO. **MEINE MÄDELS, DIE DAS STEUER IN MEINEM BUS ÜBERNEHMEN.**

MEINE BELEGSCHAFT. MEIN RÜCKGRAT. MEIN UNTERGANG.

Ein sprunghafter, unberechenbarer und etwas anstrengender Haufen, den ich inzwischen ziemlich gut kenne.

Man muss sie unter Kontrolle halten, ja. Ihnen die eine oder andere Abmahnung erteilen, definitiv.

Aber wenn man sie kennt und weiß, wie sie ticken, dann ist es zehnmal einfacher, sie ab und an darum zu bitten, sich von dem verdammten Lenkrad fernzuhalten.

WIR MÜSSEN REDEN

VON

Dawn O'Porter

AUTORIN

Als Scarlett mich gebeten hat, einen Beitrag für dieses Buch zu verfassen, habe ich sofort zugesagt. Allerdings habe ich fast fünf Monate überlegt, was ich eigentlich schreiben will. Es ist kein Tag vergangen, an dem ich nicht darüber nachgedacht hätte. Mittlerweile sind es nur noch zwölf Stunden bis zur Deadline und ich stehe nach wie vor auf dem Schlauch. »Schreib irgendwas über psychische Gesundheit.« Das war der Auftrag. Warum ist das so schwer?

Bis zu dem Moment, als ich beschlossen habe diesen Hirnfurz von Text einzureichen, hatte ich schon alles durch: von einem Haiku zum Thema Trauer bis hin zu einem Essay über sexuelle Scham. Weil ich diese Dinge für wichtig halte.

Da ich meine Mum schon als Kind verloren habe, begleitet mich Trauer oder dieses diffuse Gefühl von »Was zur Hölle ist hier eigentlich los?« seit meinem siebten Lebensjahr. Ich will nicht ständig wieder davon anfangen, aber anscheinend erwähne ich es jeden verdammten Tag mindestens einmal. Inzwischen bin ich vierzig. Vielleicht sollte ich endlich akzeptieren, dass das alles genauso ein Teil von mir ist wie mein Skelett. Trotzdem war mein Haiku für dieses Buch irgendwie nicht das Richtige. Zu deprimierend.

Dann habe ich über sexuelle Scham geschrieben und darüber, dass fast alle meine Bekannten bis zu einem gewissen Grad darunter leiden oder gelitten haben – sei es wegen zu großer Freizügigkeit am College, eines One-Night-Stands mit überraschenden Praktiken oder dadurch, dass sie sich als Jungfrau geoutet haben. Sexuelle Scham ist aus unserer Kultur nicht wegzudenken, also hielt ich einen Beitrag darüber für angemessen. Doch auch diesen Essay will ich Scarlett nicht schicken, denn der einzige Schluss, zu dem ich gekommen bin, ist dieser: »Zerbrich dir darüber nicht den Kopf. Mach dich nicht fertig.« Nicht gerade das Aufmunterungsmantra des Jahrhunderts, da sind wir uns sicher einig. Falls du aber sexuelle Scham empfindest, möchte ich, dass du eines weißt: Zerbrich dir nicht den Kopf darüber und mach dich nicht fertig. Wir haben alle so unsere Eigenheiten. Das ist okay. Trotz allem habe ich auch diesen Text gelöscht. Zu oberflächlich.

Als Nächstes habe ich mit einem Gedicht herumexperimentiert. Es handelte davon, sich mitzuteilen – was mich in meinen Zwanzigern davor bewahrt hat, mich selbst zu verlieren. Damals ging ich immer offener mit dem Verlust meiner Mutter um, bis ich allen Leuten meine Geschichte regelrecht aufdrängte. Nervig für jene, die nichts davon hören wollten, ein ganz neues Lebensgefühl für mich. Aber egal, wie ich die Verse formuliert habe, es klang immer so, als wäre ich ein narzisstisches Miststück (war ich vielleicht auch), deswegen habe ich das ebenfalls gelöscht. Zu egozentrisch.

Dann habe ich ein paar Zeilen über die Horrorszenarien verfasst, die mich nach der Geburt meines zweiten Kindes heimgesucht hatten. Hollywoodreife Fantasien, in denen Jumbojets auf mein Autodach knallten, ich im Schwimmbad von Haien angegriffen und in Supermärkten von bewaffneten Männern abgemurkst wurde. Davon, dass ich ständig Panik hatte, jemand könnte sterben – meine Kinder, mein

Mann oder ich –, während ich das alles zu verdrängen versuchte und immer wieder vorgab, es ginge mir gut. Doch schon als ich mit dem Text angefangen habe, ist mir klar geworden, dass ich mit mir selbst in einen weitaus umfassenderen Dialog treten muss. Dafür würden ein paar Absätze in einem Buch nicht reichen. Es ist ein Dialog, für den ich mehr Anlaufzeit brauche. Diesen Ansatz habe ich am Ende also auch verworfen. Zu persönlich.

Aber genau das ist das Problem, oder? Dass einem die Dinge zu deprimierend erscheinen, um sie laut auszusprechen, zu oberflächlich, um irgendjemanden damit zu behelligen, zu egozentrisch, um sie zuzugeben, zu persönlich, um es mit anderen teilen zu können. Es ist kein Scherz, wenn Leute sagen:

ES IST **VERDAMMT SCHWER**, ÜBER PSYCHISCHE GESUNDHEIT ZU SPRECHEN.

Das habe ich auch aus diesem Schreibprozess mitgenommen. So wie ich seitenweise Gedanken gelöscht habe, löschen viele Menschen Tag für Tag ihre Gefühle. Wir kehren Dinge unter den Teppich, wollen ihnen nicht die Beachtung schenken, die sie wahrscheinlich bitter nötig hätten. Aber wir können unsere Gedanken nicht einfach löschen wie ein Word-Dokument.

WIR MÜSSEN **MEHR REDEN**, MEHR ZUHÖREN, MEHR TEILEN UND MEHR VERSTEHEN.

Sonst ziehen Angst und Einsamkeit bei uns ein und wir schotten uns von der Außenwelt ab, bis wir unser Dasein nur noch online fristen, aus Scheu vor unserem wahren Ich in unserem wahren Leben. Aus Panik vor der Wirklichkeit. Verzweifelt und allein.

Zu dramatisch?

Vielleicht. Vielleicht auch nicht.

Während wir uns das durch den Kopf gehen lassen, widme ich mich meinem Papierkorb. Da sind viele meiner Gefühle drin, die ich mir noch vorknöpfen muss. Ich werde nicht so tun, als gäbe es sie nicht. Ich werde mir die Aussicht auf eine glückliche Zukunft, in der ich allen Ballast losgeworden bin, nicht verbauen. Dafür ist das Leben definitiv zu kurz.

KEIN GRUND, SICH ZU SCHÄMEN

VON

Naomi Campbell

MODEL, SCHAUSPIELERIN, UNTERNEHMERIN

Die Pflege meiner psychischen Gesundheit ist mir ebenso wichtig wie die meiner körperlichen Gesundheit. Ich würde sogar behaupten, dass ein gesunder Geist manchmal wichtiger ist. Beide bilden eine Symbiose und sollten nicht getrennt voneinander behandelt werden.

Unsere Gesellschaft neigt immer noch dazu, Menschen mit psychischen Problemen zu stigmatisieren. Das beunruhigt mich. Dabei würde es schon helfen, wenn wir mit Verständnis reagieren und uns nicht einfach ein Urteil bilden.

Ich habe gelernt, meine psychische Gesundheit ständig im Blick zu behalten. Wie die meisten bin auch ich noch nicht am Ende der Reise, aber ich rate dir Folgendes: Gönn dir Zeit, dich zu sortieren. Nimm jeden Tag, wie er kommt. Such dir Hilfe und schäm dich nicht für deine Geschichte – sie wird andere inspirieren.

DEINE PSYCHISCHE GESUNDHEIT
DEFINIERT NICHT, WER DU BIST.

DIE JAHRESZEITEN

VON

Bryony Gordon

AUTORIN, JOURNALISTIN

Das erste Mal krank wurde ich an Weihnachten. Ich war zwölf. Fast die gesamten Schulferien über verbarrikadierte ich mich in meinem Zimmer. Ich hatte zu viel Angst, nach draußen zu gehen – wegen der Keime, dieser unsichtbaren Mikroorganismen, die überall darauf lauerten, mich umzubringen. Der Winter hatte eine undurchdringliche Dunkelheit mit sich gebracht, die meinen Gefühlen wie auf den Leib geschneidert schien: unheimlich, leblos, leer. Meine Eltern hatten damals zahlreiche Theorien, woran das liegen könnte. An den Hormonen, dem Stress, dem Wirbel um meinen kleinen neugeborenen Bruder oder einfach daran, dass Winter war. Von allen Erklärungen setzte sich letztere durch, denn als der Frühling kam, hellte sich meine Stimmung etwas auf. Ich versteckte meine Zahnbürste nicht länger unter dem Kissen, aus Sorge, ich könnte meine Familie mit irgendeiner Killerkrankheit anstecken, die mich ganz sicher befallen hatte. Woran ich aber tatsächlich litt, war eine ernste psychische Erkrankung – eine Zwangsstörung –, doch ich war zu jung, um das zu erkennen. Es war 1992. Da sprach niemand über das, was in den Köpfen der Menschen vorging – es sei denn, man wollte andeuten, dass sie reif für die Klapse waren. Ich hielt also den Mund.

Meine Zwangsstörung wurde schlimmer und entwickelte sich mit der Zeit weiter. Sie machte mir weis, dass ich nicht nur Aids und Ebola hatte, sondern wahrscheinlich auch eine pädophile Serienmörderin war, die ihre schrecklichen Taten verdrängt hatte. (Wenn meine Familie beisammen war, hat niemand, ich wiederhole, niemand je über diese Art der

Zwangsstörung gesprochen. Alle verbanden diese Krankheit immer nur mit einem Sauberkeitsfimmel. Und so war ich weiterhin der Auffassung, ich wäre … na ja, eben eine fünfzehnjährige pädophile Serienmörderin, obwohl das völliger Unsinn war.)

Ich beschloss, die Wintertheorie zu glauben. Dabei ignorierte ich jedoch, dass diese Gedanken mich durch das ganze Jahr begleiteten. Solange die Sonne schien, betäubte ich sie mit Alkohol und Drogen. Doch sobald die Uhren zurückgestellt wurden, packte mich die kalte Angst vor der allumfassenden Ohnmacht, die mit Gewissheit folgen würde. Ich hatte ernsthafte psychische Probleme, ausgelöst durch das Wetter. Ja, das musste es sein. Ein Mangel an Vitamin D. Mehr nicht.

Die allgemeine Auffassung von Depressionen und psychischen Erkrankungen bestärkte meinen Glauben an die Winterthese. Trübe Gedanken, ein Stimmungstief … In England waren im Winter immer alle etwas träge und lustlos. Die Kälte machte »depressiv«. Wen kümmerte es schon, dass ich auch im Sommer träge und lustlos und depressiv war. Ich war träge und lustlos und depressiv und hatte eine Heidenangst davor, es zuzugeben. Was für einen Grund hätte ich auch für all das gehabt? Meine Mum sagte oft so was wie: »Oh, es ist so schönes Wetter – da bekommt man sofort gute Laune!«, während ich innerlich zerbrach. Ich war eine totale Versagerin, eine suizidgefährdete, drogenabhängige Alkoholikerin, und das nur, weil ich im Norden Europas lebte. So zumindest die Theorie.

Erst mit achtunddreißig Jahren, ein Jahr nach meinem Entzug und gerade wieder trocken, begriff ich, dass meine Probleme rein gar nichts mit dem Wetter zu tun hatten. Man konnte zu jeder Zeit im Jahr psychisch krank sein, ob bei Sonne oder Regen oder Schnee, an jedem Tag der Woche – vorausgesetzt er endete auf »g«. Und mittwochs. Damals lag ich in Südfrankreich auf einer Liege, meine fünfjährige Tochter spielte mit ihrem Dad im Pool, die Sonne lachte, alles war perfekt, perfekt, PERFEKT. Und ich wollte sterben. Ich wollte sterben, weil ich auf einmal mit all den Gefühlen konfrontiert wurde, die ich größtenteils aufs Wetter geschoben hatte. Mit Gefühlen, die ich jahrelang weggetrunken hatte. Dass alles so herrlich war und alle so glücklich wirkten, machte das Ganze noch schlimmer. Was stimmte nicht mit mir? Warum konnte ich nicht normal sein, so wie alle anderen? Je höher die Temperaturen stiegen, desto tiefer sank meine Laune. Der Sonne die Tür vor der Nase zuzuschlagen wäre mir wie ein Eingeständnis meiner Niederlage vorgekommen. Wie eine Bestätigung dafür, dass sich ein großes, fettes schwarzes Loch in meine Seele gefressen hatte – eins, das sich nur mit viel Arbeit flicken ließ. Im Winter fühlte ich mich nicht so allein. Im Winter konnte ich mich verkriechen, ohne mich dafür rechtfertigen zu müssen. Im Winter konnte ich so tun, als würde es allen so gehen wie mir. Als bräuchten auch alle anderen eine Entziehungskur und viermal pro Woche eine Sitzung mit den Anonymen Alkoholikern, ganz zu schweigen von der wöchentlichen Psychotherapie und den Medikamenten. Auch dann, wenn alles, was diesen Menschen eigentlich fehlte, nur ein zweiwöchiger Urlaub in der Karibik war.

Die Aussichten sind allerdings nicht so trüb, wie sie jetzt klingen. Denn die Erkenntnis, dass solche Dinge zu jeder Zeit des Jahres passieren, heitert mich erheblich auf.

ICH WEISS INZWISCHEN, DASS MEIN SEELISCHES WETTER STÄNDIG UMSCHLÄGT. **KEIN GEFÜHL DER WELT HÄLT EWIG** UND MANCHMAL DURCHLEBE ICH VIER JAHRESZEITEN AN EINEM TAG.

Ich bin bereit für den Regen, den Wind, den Schnee und die lachende Sonne. Ich sehe die Schönheit in alledem. Ich sehe Licht, sogar in der scheinbar undurchdringlichen Dunkelheit.

ABSAGE

VON

Benjamin Maack

AUTOR, JOURNALIST

Sehr geehrte Damen und Herren,

es tut mir leid. Ich habs wirklich versucht. Aber es ist grad alles zu viel. Ich bin einfach zu im Arsch. Ich hab etliche Seiten vollgeschrieben. Der Text sollte »Das Lied des nützlichen Depressiven« heißen. Leider alles scheiße.

Kann auch sein, dass nicht alles scheiße ist. Aber ich kann das grad nicht unterscheiden.

Egal. Jedenfalls hat alles Nachdenken alles nur noch schlimmer gemacht. Und ich weiß, dass ich manchmal glauben kann, dass das okay ist, dass es nicht so wichtig ist, einen Text hinzukriegen. Jetzt im Moment nicht.

Während ich diese Mail schreibe, kommt schon wieder das um die Ecke, was mein Psychologe »meine unerbittlichen Ansprüche« nennt. So: Sei kein Versager! Mach das halt! Streng dich an! Sei mal ein bisschen professionell, du Memme! Gib dir halt EIN MAL in deinem Leben EIN BISSCHEN MÜHE, du Arsch. Deshalb muss ich das hier jetzt schnell abschicken.

Tut mir wirklich sehr leid.

Alles Liebe
Benjamin Maack

ES IST OKAY, ZU SCHREIEN

DIE GESCHICHTE, DIE ICH NICHT ERZÄHLE

VON

Scarlett Curtis

JOURNALISTIN, AKTIVISTIN

Mit neunzehn habe ich bei einer Hotline für Suizidgefährdete angerufen. Auch wenn ich normalerweise relativ offen über meine psychische Gesundheit spreche – diese Geschichte erzähle ich so gut wie nie.

Es gibt ein paar Anekdoten über meine Angststörung und Depression, die ich »gern« erzähle. Andere hingegen verwahre ich in einer Schachtel mit der Aufschrift *Finger weg*!

ES LIEGT EINE CHANCE DARIN, **DIE SCHLIMMSTEN AUGENBLICKE DEINES LEBENS IN GESCHICHTEN ZU VERWANDELN.** DADURCH KANNST DU DIE KONTROLLE ÜBER DIESE SITUATIONEN ZURÜCKGEWINNEN.

Auf die Art werden traumatische Erinnerungen zu Überlieferungen. Und wenn du sie oft genug erzählst, kommt es dir irgendwann vor, als würdest du über jemand anderes reden.

Meine Lieblingsgeschichte über meine Angststörung ist von Halloween in New York. Ich war als Marie-Antoinette verkleidet (Korsett, Tüllrock, aufgeschlitzter Hals, rosa Haare, weiß geschminkt) und versuchte mitten durch den Festumzug auf der 6th Avenue zu laufen. Doch es gab einfach kein Durchkommen. Ich brauchte bereits über eine Stunde für eine Strecke, die ich normalerweise in fünf Minuten zurücklegte. Der Bürgersteig war voller Schreckgestalten, und die Polizei blockierte alle Zugänge zur Straße, um tanzenden Skeletten und Meerjungfrauen den Weg frei zu halten.

Nach eineinviertel Stunden ohne nennenswerten Fortschritt kriegte ich langsam Panik. Mein Handy hatte keinen Empfang, meine Freund*innen warteten. Ich kämpfte mich durch Horden von Zombies und Werwölfen zur U-Bahn. Eigentlich wollte ich durch die Unterführung, wurde aber direkt von einer Polizistin mit strengem Blick aufgehalten. Der Durchgang war gesperrt und meine letzte Hoffnung zerstört.

Total am Ende sank ich zu Boden – beziehungsweise in die fünfzig Lagen Tüll meines Petticoats – und hatte eine Panikattacke. Ich bekam kaum Luft und heulte Rotz und Wasser. Alles drehte sich, mein Korsett fühlte sich an wie ein Gefängnis. Während ich Tränen vergoss und nach Atem rang, scharte sich eine Touristenfamilie um mich. Ihr schlossen sich bald weitere Menschen an, bis mich ungefähr zwanzig Schaulustige umringten, lachten und mit dem Finger auf mich zeigten. Sie flüsterten in einer Sprache, die ich nicht verstand, schossen Fotos und filmten. Völlig verwirrt von ihrem Gelächter schrie ich sie an. Doch dann fiel es mir wie Schuppen von den Augen: Hier saß ich auf dem Boden einer U-Bahn-Station, eine flennende Marie-Antoinette inmitten der Halloween-Feierlichkeiten. Ich war Teil der Show! Ein perfekter New-York-Moment, in der Unterführung zwischen der 6th Avenue und der 14th Street. Ich rappelte mich auf, vollführte einen artigen Knicks, flehte die Polizistin an, mich durchzulassen, und tauchte schließlich doch noch auf der Party auf – mit Tränenspuren auf meinem weißen Make-up, das i-Tüpfelchen des besten Halloweenkostüms aller Zeiten.

Diese Geschichte packe ich bereitwillig aus, um von lästigen Fragen abzulenken und gleichzeitig so zu tun, als wäre ich total offen. Wenn man Leuten von einer Situation erzählt, in der man verletzlich war, glauben sie gern, man hätte ihnen sein gesamtes Inneres offenbart. Ich liebe diese Anekdote.

Nun folgt jedoch die Geschichte, die ich nicht erzähle.

Drei Monate später hielt der Januar New York in seinen unbarmherzigen, frostigen Klauen. Der Schnee erstickte alles, er überzog die Stadt mit Eisbrocken und undurchdringlich zähem, grauem Matsch. Ich lebte allein in einem Land, das mir immer noch fremd war, in einem mit Kakerlaken verseuchten Apartment, aus dem ich nicht auszog, weil ich mich irgendwie nie dazu aufraffen konnte. Meine Familie in England war es leid, mich durchs Telefon jammern zu hören, und knapp 5570 Kilometer sind eine sehr lange Strecke, um mal eben vorbeizukommen. Noch dazu an einem Abend, der nicht schlimmer wirkte als Hunderte andere zuvor. Nichts war passiert. Er unterschied sich durch nichts von dem Abend davor oder dem davor. Ich hatte einfach beschlossen, dass ich es satthatte. Fünf Jahre lang hatte ich versucht, irgendetwas außer Angst oder Traurigkeit zu fühlen, aber nichts hatte funktioniert.

Im Schlafanzug stapfte ich durch den Schneematsch zur Apotheke, kaufte Pillen und bezahlte sie an der Selbstbedienungskasse, damit niemand misstrauisch wurde. Einen Ersatzschlüssel zu meiner Wohnung hatte nur der Hausmeister, doch der konnte mich ohnehin nicht leiden und wohnte außerdem weit weg. Ich sollte also für etwa eine Woche meine Ruhe haben.

Die darauffolgenden Details überspringe ich. Unter anderem deshalb, weil ich mich an einige davon nicht erinnere, weil ich versagt habe, weil ich nicht möchte, dass irgendjemand auf dumme Ideen kommt, weil ich mich immer noch schäme und weil die Erinnerung daran bis heute so schmerzhaft ist, dass ich sie nicht in eine Geschichte verpacken kann.

Als ich um fünf Uhr morgens aufwachte, googelte ich eine Telefonnummer und wählte. Eine Frau nahm ab, wir redeten, und sie rettete mir das Leben. Um Viertel vor sechs rief ich meinen besten Freund an, er hörte zu, ließ mich weinen und versprach mir, dass bald alles wieder okay wäre.

Ich glaube eigentlich nicht an so was wie einen absoluten Tiefpunkt, aber ich schätze, das war er, auch wenn es sich zu der Zeit nicht so anfühlte. Der nächste Tag war genauso schwer wie zuvor, doch immerhin schaffte ich es zu duschen. Am übernächsten Tag konnte ich etwas essen. Und am Tag danach konnte ich einen Kurs in der Uni besuchen. 1275 Tage später ist das Leben immer noch nicht leicht – aber leichter. Die Leute reden von einem Tiefpunkt, als wäre er etwas Magisches. Sie lassen es klingen, als würde man wie ein*e Taucher*in tiefer und tiefer sinken, bis man den Grund berührt, um schließlich – zack – zurück an die Oberfläche zu schießen. So war es für mich nicht. Ich habe mich auf den Meeresboden gelegt und zu den Wellen aufgeschaut, die mir unheimlich weit weg vorkamen, geradezu unerreichbar. Und erst dann fing ich langsam an zu schwimmen.

ES GIBT TAGE, AN DENEN FÜHLE ICH MICH IMMER NOCH WIE UNTER WASSER. ALS WÜRDE UM MICH HERUM DIE GANZE WELT VERSINKEN. UND JEDER ATEMZUG SCHMERZT. **ABER GENAUSO GIBT ES DIE TAGE, AN DENEN ICH MEINEN KOPF AUS DEN WELLEN STRECKE.**

Und dann schaue ich mich um und nehme die Schönheit und den Zauber des Ozeans um mich herum wahr, und dieser kalte, harte Meeresgrund erscheint mir meilenweit weg.

DER ROTE FADEN DER TRAURIGKEIT

VON

Alexis Caught

AUTOR, MACHER & CO-MODERATOR DES PREISGEKRÖNTEN PODCASTS QMMUNITY

Ich beginne mit einem Disclaimer, den immer nur Minderheiten angeben müssen, damit wir nicht als alleinige Repräsentant*innen für unsere Community hingestellt werden. Ich bin ein schwuler Mann, aber ich kann (und sollte) keinesfalls stellvertretend für das ganze, glitzernd-diverse LGBTQ+-Spektrum sprechen[4]. Das Aufwachsen in einer homophoben Welt hat mir emotionalen Ballast und Probleme beschert. Zwar wurde ich vorm Schlimmsten bewahrt, was zum einen an meiner Hautfarbe (*weiß*) liegt und zum anderen am Privileg, oft als Hetero durchzugehen ... Und doch bin ich nicht ungeschoren davongekommen. Das sind nur wenige meiner queeren Geschwister.

Ich schreibe dies also aus meiner Perspektive, während ich die Welt um mich herum betrachte und mich frage, warum mehr als die Hälfte (52 Prozent) der LGBTQ+-Menschen im Jahr 2018 an Depressionen gelitten haben[5], verglichen mit den 20 Prozent der heterosexuellen Bevölkerung[6]. Ein

---

4 LGBTQ+, auch LGBT oder LGBT+ oder LSBTI, ist eine Abkürzung für Lesben, Schwule, Bisexuelle, Transgender und Queer-Identitäten. Das + oder * wird verwendet, um die Vielfalt weiterer sexueller und geschlechtlicher Identitäten abzubilden, z.B. Intersexualität, Asexualität, Pansexualität sowie diejenigen, die nichtbinär oder genderfluid sind.

5 Der 2018 von Stonewall veröffentlichte »LGBT in Britain: Health Report«.

6 Im Jahr 2014 zeigten 19,7 Prozent der Menschen in Großbritannien im Alter von über sechzehn Jahren Symptome von Angststörungen oder einer Depression – Zahlen der Mental Health Foundation.

äußerst beunruhigender Vergleich, aber es kommt noch schlimmer: Queer People of Color erkranken mit einer Wahrscheinlichkeit von bis zu 62 Prozent an Depressionen[7], während 46 Prozent unserer Trans-Geschwister Suizidgedanken haben[8].

Natürlich leidet (zum Glück) nicht jede LGBTQ+-Person an psychischen Problemen, aber die Statistiken sind erschreckend und geben zu denken. Warum sind Menschen wie ich häufiger betroffen? Die Bezeichnung »gay«, die wir für uns beansprucht haben, bedeutet eigentlich »fröhlich«. Im Jahr 2019 hat man uns versichert, dass wir in Großbritannien vollständig gleichberechtigt und rechtlich gleichgestellt sind, dass wir es noch nie so gut hatten, dass Homophobie der Vergangenheit angehört (obwohl das so nicht stimmt) ... Aber warum spiegelt sich das nicht in unserer psychischen Gesundheit, unserem emotionalen Zustand wider?

Ein entscheidender Faktor ist wohl der rote Faden der Traurigkeit.

Der rote Faden der Traurigkeit

Unschuldige Kindheit: auf dem Spielplatz mit meinen Freund*innen. Ich bin fünf oder sechs und alle spielen das fragwürdige Spiel Kuss-Fangen (ja, in den Neunzigern haben

---

7 Statistik aus dem 2018 von Stonewall veröffentlichten »LGBT in Britain: Health Report«.

8 Statistik aus dem 2018 von Stonewall veröffentlichten »LGBT in Britain: Health Report«.

Kinder so was gemacht). Die Jungs jagen den Mädchen hinterher, dann die Mädchen den Jungs, in der Hoffnung, einen Kuss zu ergattern, wenn man jemanden erwischt. Ich aber will kein Mädchen fangen. Ich will Zack fangen, und doch weiß ich schon damals, dass ich diesen Wunsch nicht haben sollte – auch ohne dass es mir jemand gesagt hätte. Ich weiß, man würde mich hänseln, wenn ich dem nachgäbe, also halte ich mich zurück. Ich sitze allein da, sehe den anderen beim Spielen zu und frage mich, warum ich so empfinde – warum ich nicht bin wie die anderen. Und ich bin traurig.

Ich bin zwölf Jahre alt und sitze im Spanischunterricht. Wir sollen uns auf Spanisch vorstellen: Name, Wohnort, Hobby … und ob man vergeben ist. Nacheinander müssen wir unsere Antworten der Klasse vortragen. Ein Junge steht auf und sagt: »Mi novio …« Er verwendet aus Versehen das falsche Geschlecht. »Du hast einen Freund?«, spottet die Lehrerin und bringt die ganze Klasse zum Lachen. Mir wird eiskalt und übel … Ein Junge mit einem festen Freund ist etwas, worüber alle lachen. Ich schäme mich. Und ich bin traurig.

Jahre vergehen, und trotz des aggressiv-homophoben Schulumfelds habe ich mein Coming-out. Ich fühle mich befreit, wenn auch nicht frei (dafür sorgen tägliche Beleidigungen und regelmäßige Handgreiflichkeiten), aber ich schaffe die Schule irgendwie. (Ich schwänze die Abschlussparty der staatlichen Schule – ein abgespeckter, ärmlicher Stiefbruder des Highschool-Proms und des Festakts der Privatschulen. Auf keinen Fall hätte ich einen Kerl als Date mitnehmen können ... Außerdem bin ich der Einzige, der geoutet ist. Ich bin allein.)

Ich werde erwachsen. Ich fange an, meine schwule Scham zu verarbeiten, werde immer selbstbewusster in meiner Sexualität. Ich lerne, unter dem Regenbogen zu tanzen.

Mit zwanzig habe ich ein Date: Er heißt Harry, seine braunen Augen funkeln und ich möchte ihn unbedingt küssen. Es war ein schönes erstes Date – wir haben gelacht, wir haben geflirtet. Mein Herz klopft wie wild, als wir uns am Ende des Abends gegenseitig in die Augen schauen – küssen wir uns gleich? Unsere Körper kommen sich näher und wir beugen uns vor ... Ich kann ihn riechen ... Gerade als wir die Augen schließen und unsere Lippen allmählich diese elektrisch geladene Kluft zwischen uns überwinden, rempelt uns ein Mann auf dem Bürgersteig an. »Schwuchteln«, zischt er. Das Date ist ruiniert. Der Moment ist auf ewig verdorben. Der Funke ist erloschen. Ich gehe beschämt alleine nach Hause. Und ich bin traurig.

Es ist 2004: In den Nachrichten wird ständig über Menschen wie mich diskutiert. Sollte es uns erlaubt sein zu heiraten? Sind wir der Ehe würdig? Ein großer und sehr lauter Teil der Medien (und die Mehrheit der regierenden konservativen Partei) glaubt, dass meine Liebe weniger wert ist – dass es »die Institution der Ehe untergräbt«, wenn man Menschen wie mir die Gleichberechtigung zubilligt. Weil mir weniger zusteht. Weil ich nicht so bin wie sie. Und ich bin traurig.

Jahre später schauen mein fester Freund und ich uns Wohnungen an. Es ist das erste Mal, dass wir beide mit jemand anderem zusammenziehen. Ich bin total aufgeregt – ich werde mit dem Mann zusammenleben, den ich liebe, und wir machen diesen Schritt gemeinsam. Ich bin liebenswert. Ich werde geliebt. Der Makler reißt einen Witz darüber, dass er uns aus Versehen fast eine Einzimmerwohnung gezeigt hätte … Und dann fällt es mir wieder ein: Zwei Männer, die sich ein Zimmer, ein Bett teilen … das ist etwas, worüber man lacht. Ich bin etwas, worüber man lacht. Meine Liebe ist etwas, worüber man lacht. Und ich bin traurig.

Im Jahr 2018 lädt eine wunderbare Freundin ein paar Leute ein, ihr Geburtsland Ghana zu besuchen. Meine Freund*innen legen begeistert mit der Planung los … Ich kann nicht mitkommen. Ghana ist eines der zweiundsiebzig Länder, in denen Menschen wie ich wegen unserer Sexualität inhaftiert und bestraft werden. Ich sehe ihre Urlaubsbilder, sehe sie lachend, unbekümmert, wie sie gemeinsame Erinnerungen schaffen … Und ich bin traurig.

Ich fahre mit meinem Partner in den Urlaub, an einen Ort, an dem unsere Sexualität kein Verbrechen ist. Wir wollen zum Strand, einen romantischen Sonnenuntergang erleben. Doch auf dem Weg durchs Hotel verfolgen uns Blicke, Nasen werden gerümpft. Verstohlen schaut man ein zweites oder drittes Mal hin, man stupst sich an, nickt und sieht uns feixend nach. Wir kehren um und betrachten den Sonnenuntergang von unserem eigenen Balkon aus. Ich bin im Urlaub. Und ich bin traurig.

Momente der Freude, des Vergnügens und der Herzlichkeit helfen uns bei der Heilung von psychischen Erkrankungen. Doch der rote Faden der Traurigkeit vergiftet dieses Heilmittel. Wie eine posttraumatische Belastungsstörung löst er vergangene Traumata aus. Das ist es, was viele daran hindert, die volle Wirkung von freudigen Momenten und Anlässen zu spüren. Es ist dieser rote Faden der Traurigkeit, der retraumatisiert, wenngleich auf scheinbar leichte Art. Er hindert uns daran, tatsächlich nach vorne zu blicken, ein ganz und gar glückliches Leben zu führen.

Aber wie entsteht er? Und wie können wir diesen Faden ziehen?

NICHT MEINE EIGENE REAKTION AUF MEINE SEXUALITÄT BEREITET MIR PROBLEME. **ES IST DIE REAKTION DER BREITEN MASSE AUF MEINE SEXUALITÄT, DIE MICH VERLETZT UND TRAURIG MACHT.**

(Es macht mich wütend, ich bin empört und oft empfinde ich auch Mitleid – Mitleid mit denen, die Angst vor einer Welt im Wandel haben. Und ich finde es verdächtig – ja, mich beschleicht der Verdacht, dass sie vielleicht sogar selbst gleichgeschlechtliche Sehnsüchte hegen. Aber all diese Gefühle wären Thema für einen kompletten weiteren Beitrag.)

Und es ist diese Homophobie, die wir hinterfragen, vertreiben und der Vergangenheit überlassen müssen – nicht nur zum Wohle der LGBTQ+-Community, sondern auch zum Wohle der Heterosexuellen.

Homophobie ist eine Würgeranke, die einem das Leben entzieht und in toxischer Männlichkeit gedeiht. Ihretwegen schämen sich Männer, ihre Meinung zu sagen – um nicht schwach oder gar schwul zu wirken. Es ist die Angst vor Homophobie und davor, weniger als Mann wahrgenommen zu werden. Sie trägt zu einer Gesellschaft bei, in der Männer offenbar das Bedürfnis haben, ihre Dominanz gegenüber Frauen (und auch untereinander) durch Gewaltakte zu demonstrieren, um ihren »Mann zu stehen« und sich von Homosexualität zu distanzieren.

WIR MÜSSEN UNS MIT HOMOPHOBIE AUSEINANDERSETZEN, SIE ANFECHTEN, SIE AUSMERZEN, DAMIT **WIR ALLE FREI VON IHREM GIFT LEBEN KÖNNEN.**

Damit Heteromänner ohne Angst vor ihr leben können.

Damit Heterofrauen ohne die Nebenwirkungen von ihr leben können.

Damit Kinder frei von ihr aufwachsen können.

Damit queere Menschen ohne Unterdrückung leben können.

Damit wir unsere glücklichen Momente vollauf genießen und ihre heilende Wirkung spüren können, ganz ohne den roten Faden der Traurigkeit.

DAS ENDE VOM ANFANG DES ENDES

VON

Miriam Davoudvandi

JOURNALISTIN, DJ, PODCASTERIN (»DANKE, GUT«)

Es war ein Abend im Hochsommer Ende der 90er-Jahre. Mama hatte unsere wichtigsten Sachen in zwei Koffer gepackt, die Kühlbox mit belegten Brötchen stand parat, in meiner kleinen Hand drückte ich eine überdimensionale und anatomisch absolut keinen Sinn ergebende rosa Maus. Wir fuhren im Dacia mit – selbst für rumänische Verhältnisse – viel zu vielen Menschen neben- und aufeinandersitzend in Richtung Stadtrand. Ein kurzer Halt bei McDonald's, wo die Eismaschine ausnahmsweise mal funktionierte, ein letztes Eis mit den Freundinnen und Freunden, und schon stiegen meine Mutter und ich in einen Reisebus.

Im Reisebus waren Kinder, alte Leute, Menschen, die die Dreistigkeit besaßen, gekochte Eier als Snack auszupacken. Die Lautsprecher funktionierten nicht richtig, aber wenn man ganz genau hinhörte, konnte man erahnen, dass der Busfahrer schnellen Eurodance hörte. Zwischendrin gab es immer mal wieder Stopps; meine liebsten waren die, bei denen Hütchenspieler die anderen Mitreisenden um ihr Geld brachten.

Was nach einer normalen Reise klingt, war der Anfang meines Traumas. Ich glaube, dass man viele Traumata erst viel später als solche wahrnimmt. Manche realisieren ihr Trauma im hohen Alter, andere in der Therapie und viele Menschen wohl nie. Ich habe, fast zwanzig Jahre nachdem dieser Reisebus in Bad Säckingen im Südschwarzwald ankam, verstanden, dass dieser Moment der Anfang vom Ende war. Aber auch das Ende vom Anfang des Endes.

HEUTE WEISS ICH: **UNSERE MIGRATION WAR TRAUMATISIEREND** UND HAT MEINE PSYCHE MASSIV BEEINFLUSST. ABER HEUTE WEISS ICH AUCH, WARUM, UND WIE ICH DAMIT UMGEHEN KANN.

Das erste Foto von mir, das in Deutschland entstanden ist, zeigt mich mit Lockenkopf, komplett verheult und mit der rosa Maus im Arm auf dem Bett, das ich mir mit meinen Eltern teilte. Klingt sehr plakativ und dramatisch, aber war tatsächlich so. Es war nicht einfach zu verstehen, was da überhaupt vor sich ging. Wo sind meine Freunde und Freundinnen? Warum sind wir überhaupt hier? Was machen wir jetzt? Wann werden die vertrauten brutalistischen Betonklötze von Wohnblöcken eingetauscht in Einfamilienhäuser mit roten Ziegeldächern und penibel gepflegten Vorgärten? Wo sind all die Straßenhunde hin, mit denen ich mich angefreundet habe? Und das Wichtigste: Wann kehren wir zurück? Kehren wir überhaupt jemals zurück?

Diese immer wieder aufploppenden Fragen, auf die mir niemand eine Antwort gab – vermutlich, weil es selbst keiner so genau wusste –, destabilisierten mich von Anfang an. Diese immer mitschwingende Unsicherheit darüber, was am nächsten Tag passieren könnte, löste eine unfassbare Unruhe in mir aus, die wiederum zu schlaflosen Nächten führte. Aus dem lustigen, offenen und selbstbewussten Kind wurde in kürzester Zeit ein zurückhaltendes, schüchternes und ängstliches, das schon durch seine bloße Existenz so sehr auffiel, dass es sich nicht auch noch durch sein Verhalten bemerkbar machen wollte.

Die Angst vor der Zukunft sitzt so tief, dass sie bis heute schlimmste Panik in mir auslöst. Manchmal traue ich mich nicht einmal, die kommende Woche zu planen, weil es fest verankert ist, dass eh nichts wie geplant läuft. Nach meiner Ankunft in Deutschland war es oft gar nicht mal die Angst vor der Ungewissheit, sondern eher davor, dass die Zukunft für Menschen wie mich schon vorbestimmt war. Ich hatte den Eindruck, dass die Gesellschaft schon ein klares Bild darüber hatte, wie ich aufwachsen werde, wie ich mich zu benehmen habe und was mal aus mir werden würde, sodass ich gar keine Macht mehr über meine eigene Situation hatte und es eh keine Möglichkeiten gab, diese Vorbestimmung von außen zu durchbrechen. Am eindrücklichsten zu spüren bekam ich das, als ich in der Grundschule gefragt wurde, was ich mal werden möchte. Ich wollte was Witziges antworten, mal was anderes als »Tierärztin« oder »Lehrerin«. Ein bisschen Ernst war aber auch dabei, da ich als Kind von Eltern, die beide jeweils eine Revolution miterlebt hatten –

meine Mutter in Rumänien, mein Vater im Iran –, schon früh mit politischen Themen konfrontiert wurde. Deshalb lautete meine Antwort: Bundeskanzlerin. Der Blick meiner Lehrerin, die mich eh nicht sonderlich mochte, wurde ernst und sie sagte: »Miriam, du weißt schon, dass du das nicht kannst, weil du nicht deutsch bist.«

Als es in der vierten Klasse um die Empfehlungen für die weiterführenden Schulen ging, schlug besagte Lehrerin meinen Eltern trotz sehr guter Noten vor, dass ich sicherheitshalber auf die Hauptschule gehen sollte, da wäre ich unter Gleichgesinnten. Ja, klar, auch Hauptschüler und Hauptschülerinnen sind meine Gleichgesinnten. Wahrscheinlich hatte ich wirklich mehr mit ihnen gemeinsam als mit Anna-Lena, die die Wendy im Abo hatte, schon mit zwölf ihr eigenes Pony bekam, den teuersten Lamy-Füller besaß und deren Familie eine Putzfrau unterhielt, die deren einziger migrantischer Kontakt war (wirklich nichts gegen Pferdemädchen, aber Anna-Lena war einfach scheiße. Ihr Name wurde natürlich geändert). Wahrscheinlich hätte mir das tatsächlich viel Frust erspart, aber: Es ging um das Gefühl der absoluten Machtlosigkeit. Als wäre da jetzt diese Mauer errichtet worden von einer wildfremden Person, die zufällig in der Position ist, darüber zu entscheiden. Ein Migrantenmädchen mit Arbeitereltern gehört nicht aufs Gymnasium. Als wäre das ein Gesetz. Das hat sich so tief eingebrannt, dass ich bis heute denke, ich gehöre nicht dahin, wo ich bin. Das geht so weit, dass ich bis heute denke, jemand wie ich sollte kein Essay für ein Buch wie dieses schreiben.

Das Imposter-Syndrom – man denkt, man würde anderen nur etwas vormachen und die Fähigkeiten, die man hat, gar nicht wirklich besitzen – ist weit verbreitet unter Migrant*innen. Genauso schlimm: das Gefühl, immer doppelt so viel tun zu müssen. Das Allerschlimmste: die eigene Existenz immer wieder legitimieren zu müssen durch Leistung und Anpassung. Das sind alles Dinge, die nicht nur von außen kommen, sondern häufiger aus den eigenen Reihen. Meine Eltern haben mir ein schlechtes Gewissen gemacht und mir den Druck auferlegt, dass sie nur meinetwegen umgezogen wären und ich deshalb ihre einzige Hoffnung wäre auf ein besseres Leben. Wenn eine Leistung nicht so erbracht wurde, wie von ihnen erhofft, wurde das nie akzeptiert mit »Ist okay, kann mal passieren« oder »Das ist einfach nicht deine Stärke, dafür hast du andere«, sondern es wurde direkt persönlich und emotional.

Den absoluten Höhepunkt meiner Angst erreichte ich, als ich mich schließlich mit der Situation arrangiert hatte. Na gut, jetzt sind wir hier, ich kann die Sprache, habe viele Freund*innen gefunden, bin im Basketballverein, höre Deutschrap und identifiziere mich auch sehr damit. Ich habe mich also irgendwie eingelebt, falle immer weniger auf und finde es mittlerweile ganz okay hier. Ausgerechnet dann, als ich angefangen habe, die Situation zu akzeptieren, sollte wieder alles zurückgedreht werden. Ich erinnere mich nur noch vage, aber es gab eine Zeit, in der es in dem Mehrfamilienhaus-Komplex, in dem wir wohnten, eine massive

Fluktuation gab. Ständig kamen Leute und waren genauso schnell wieder weg. Ich freundete mich mit Nachbar*innen an und ein paar Monate später waren sie Geschichte. Hier hörte ich zum ersten Mal das Wort Abschiebung. Meine beste Freundin aus Algerien, die direkt neben mir wohnte: abgeschoben. Die nette Familie aus Albanien: abgeschoben. Natürlich hatte ich damals keine Ahnung von Asylpolitik und wusste nicht, wie das alles überhaupt abläuft. Was ich aber wusste: Wir leben in dieser idyllischen Kleinstadt, in der eigentlich alle alles haben, was sie brauchen, und mitten in der Nacht stürmen Polizisten das Idyll. Sie betreten den Wohnkomplex, dringen gewaltvoll in die Wohnung dieser Familie ein, man hört wildes Durcheinanderreden und am nächsten Morgen ist die Familie einfach weg. Eine Abschiebung ist für mich in jedem Fall ein gewaltvoller, traumatisierender Akt. Die Angst davor, dass es einen selbst erwischen könnte, war unter migrantischen Kindern groß. Wir wussten ja nicht genau, in welches Land abgeschoben wird, welche Papiere wir haben und so weiter. Wir wussten nur: Man kann verschwinden, als wäre man nie da gewesen. Eine Woche später ist dein Kinderzimmer vielleicht schon das Arbeitszimmer von irgendeinem Holger.

Ich könnte an dieser Stelle so viele weitere Punkte meiner Biografie aufzählen, die allein mit meiner Migration zu tun haben und die mir einen gehörigen Knacks verpasst haben. Dazu gehört z.B. eine Art Body Dysmorphia, die viele kennen. Das heißt, man nimmt seinen Körper ganz anders wahr, als er wirklich aussieht. Das wird oft dadurch ausgelöst, dass alle anderen anders aussehen als man selbst und immer der Eindruck entsteht, man sei abnormal. Zu Hause wurde mir gesagt, dass ich auf die lange, krumme Nase stolz sein müsse, weil sie von meinen Großeltern vererbt wurde. Oder dass die vielen dunklen Haare überall was Tolles seien – mein Vater sagt bis heute: Haare sind Reichtum. Hier wurde ich dann mit der Außenwelt konfrontiert, die mir ein bestimmtes Schönheitsideal propagierte, und mit diesem Schönheitsbild hatte ich leider wenig zu tun. Dazu kamen Rassismuserfahrungen, mal kleine, mal große, aber immer mehr von Lehrer*innen als von Schüler*innen, angefangen bei blöden Witzen über meinen Nachnamen, sodass »Nachname ändern Antrag« bestimmt jahrelang in der Top Drei meiner Google-Suche war, bis hin zu echten körperlichen Auseinandersetzungen mit Neonazis während meines Studiums. Hinzu kommt die Angst davor, sich selbst zu verlieren, Angst vor Entfremdung und vor dem Verlust der eigenen Persönlichkeit. Letzteres kam besonders stark zum Ausdruck, wenn wir die Sommerferien in der Heimat verbrachten, wo wir nur noch »nemții«, die Deutschen, waren. Und das alles mit 15, 16 – einem Alter, in dem die meisten mit ihrer Identität ringen. Obendrauf kam all die Verantwortung, die sonst eigentlich Erwachsene übernehmen, weil ich von klein auf Bürokratisches und Organisatorisches für meine Eltern klären musste. Niemand sollte mit 12 wissen, wie man Anträge der Ausländerbehörde ausfüllt.

Warum ich das alles erzähle in einem Buch über mentale Gesundheit?

WEIL **MIGRATIONSGESCHICHTEN** VIEL ZU SELTEN ALS **URSACHEN ODER ZUMINDEST VERSTÄRKER PSYCHISCHER ERKRANKUNGEN** GESEHEN WERDEN.

Weil immer noch viel zu wenig über Erbtraumata und über Familien und Kulturen gesprochen wird, in denen es ein Privileg ist, mentale Gesundheit überhaupt zu thematisieren, geschweige denn, sich um seine eigene kümmern zu können. Ich erzähle das aber auch, weil das Wissen darüber hilft, andere zu verstehen – egal ob man das selbst so erlebt hat oder nicht –, und natürlich, um sich selbst zu helfen. Fast zwanzig Jahre nachdem ich in diesen Reisebus gestiegen bin, habe ich meine erste Therapie gemacht. Die Gründe, eine aufzusuchen, hatten erst mal nichts mit meiner Migration zu tun. Nach kurzer Zeit habe ich aber gemerkt: Dort liegt ein Großteil meiner Probleme verborgen. Es ist nicht einfach, eine Balance zu finden zwischen dem Anerkennen kultureller Unterschiede im Umgang mit der Psyche und der Reflexion eigener Verhaltensmuster, die unabhängig davon sind. Manchmal brauchte ich den Tritt meiner Therapeutin in den Hintern, wenn ich mich in Selbstmitleid suhlte: »Frau Davoudvandi, das hat jetzt wirklich nichts mit Ihrer Herkunft zu tun.« Dennoch: Gleichgesinnte finden, darüber reden, Therapie machen und noch mal darüber reden hat geholfen. Ich habe gelernt, dass ich damals nur ein Kind ohne Entscheidungsmacht war, jetzt kann ich sehr wohl selbst entscheiden. Und da ich diesen Text hier nun doch schreibe, zeigt schließlich auch, dass selbst das Imposter-Syndrom und die ganzen Minderwertigkeitsgefühle immer besser zu kontrollieren sind. Wenn es so weitergeht, überlege ich mir das mit der Bundeskanzlerin noch mal.

HAST DU GETANZT?

VON

Eve Delaney

COMEDIAN, AUTORIN

Wann immer ich während meiner Teeniezeit von einer Party nach Hause kam, fragte meine Mutter: »Hast du getanzt?« (Manchmal tut sie das sogar heute noch.) Sie fragte das zwar auch, weil sie wusste, wie sehr ich Tanzen liebte (wenngleich vollkommen talentfrei), doch für sie war es mehr eine Art Code. Es bedeutete: »Ich bin etwas verärgert, weil du deinen Schlüssel vergessen und mich geweckt hast – aber wenn du getanzt hast, dann war es das wahrscheinlich wert.« Außerdem hieß es für sie, dass ich mich amüsiert hatte. Vielleicht hatte ich mit einem Jungen geknutscht, an den unmöglichsten Orten meine Schuhe ausgezogen (weshalb ich womöglich in eine Glasscherbe getreten war), und wahrscheinlich hatte ich eine Stunde lachend auf dem Oberdeck eines Nachtbusses (dem N65er) verbracht.

Für mich ist der Unterschied zwischen Glücklich- und Traurigsein der gleiche wie jener zwischen Bewegung und Stillstand. Die glücklichsten Momente meines Lebens hatten alle mit Bewegung zu tun: tanzen, schreiend ins eiskalte Meer rennen, einen Hügel hinunter zum Pub radeln, mich im Kreis drehen (einfach nur, weil es sich so gut anfühlt) oder zum Flughafen sprinten, um einem Mann meine Liebe zu gestehen (besser gesagt: mit einer Uber-Fahrgemeinschaft quer durch London fahren, um einem Jungen, für den ich seit vier Jahren schwärmte, zu sagen, wie toll ich seine Sneakers finde). Mit fünfzehn habe ich dieses ziellose Fortbewegen geliebt: das sinnlose Herumlungern mit Freund*innen an der Straßenecke, das Warten darauf, dass jemand mutig genug ist, seinen gefälschten Ausweis in einem Kiosk auszuprobieren – gefolgt von einem Massenansturm auf Enfield, weil der Bruder des Freundes einer Freundin sturmfrei hatte.

Heute schätze ich dieses Gefühl wohl noch mehr. Denn ich weiß, wie es ist, wenn du dich durch innere Anspannung, Depression, Angst und eine chronische Krankheit wie gelähmt fühlst. Ich weiß, wie es ist, wenn du monatelang im Bett liegst und in einem hypnotischen Rhythmus immer und immer wieder Erinnerungen im Kopf durchspielst. Irgendwann bist du davon überzeugt, dass du nie wieder Spaß haben wirst und obendrein noch nie wahres Glück erlebt hast. Ich habe eine Krankheit – bekannt als vestibuläre Migräne –, die unter anderem ständigen Schwindel, Lichtempfindlichkeit, taube Gliedmaßen und Benommenheit zur Folge hat. An meinen schlechtesten Tagen habe ich davon geträumt, zum Bus zu rennen, und nach dem Aufwachen festgestellt, dass ich nicht einmal zur Toilette gehen kann.

Psychische Erkrankungen sind meiner Erfahrung nach genauso lähmend: In Angst zu leben – oder schlimmer noch: in der Angst vor der Angst –, kann bedeuten, dass es unmöglich scheint, einen Fuß vor den anderen zu setzen oder gar das Haus zu verlassen. Es wird ja oft über die Kampf-oder-Flucht-Reaktion bei Gefahr gesprochen. Aber ich würde gerne mal mein tierisches Ich sehen, wie es in der Wildnis mit zitternden Händen und überwältigender Übelkeit gegen einen Löwen kämpft. Ich verbinde die Angst viel eher mit Schockstarre. Wenn ich krank bin, kann ich mich nicht bewegen. Und noch schlimmer fühlt es sich an, keine Pläne schmieden zu können, weil diese schrecklichen Stimmen in deinem Kopf dir einflüstern: »Du wirst das nicht schaffen. Du wirst niemals mehr dazu in der Lage sein.«

Und so wartest du ab. Jeder kranke Mensch wird den Schmerz des Wartens kennen, ohne jegliche Bewegung in die richtige Richtung. Das Warten auf einen Arzttermin, das Warten darauf, dass es dir besser geht, das Warten auf die Nacht, damit du einschlafen kannst, das Warten auf Weihnachten, weil sich nun mal jede*r gern den Bauch vollschlägt. Ich war bei zehn verschiedenen Ärzt*innen (hauptsächlich Männern) und habe neun verschiedene Medikamente ausprobiert, die mich alle traurig und krank gemacht und mir letztlich jedes Mal das Herz gebrochen haben, wenn ihre Wirkung ausblieb.

Im Viktorianischen Zeitalter war diese Krankheit als Frauenleiden bekannt (irgendwas mit »Vapeurs« und »Hysterie«) und hätte die Einweisung in eine Anstalt bedeutet. Wie bei so vielen Krankheiten, die hauptsächlich Frauen betreffen, habe ich das Gefühl, dass sich seither nicht wirklich viel getan hat. Das liegt einerseits an mangelnder Forschung und andererseits an der Unfähigkeit, Frauen ernst zu nehmen. Selbst heute verschreiben männliche Ärzte Frauen häufiger ungeeignete Medikamente als Männern. Sie gehen häufiger davon aus, die Krankheiten bei Frauen seien »rein psychisch« bedingt. Dazu kommt, dass viele Medikamente noch immer nicht an Frauen getestet werden. Mir persönlich wurde das Gefühl vermittelt, für mein Leiden selbst verantwortlich zu sein. Und das machte mich erst recht so unerträglich traurig, wenn es mir nicht besser ging.

Unzählige Frauen mit psychischen und körperlichen Erkrankungen warten. Sie warten darauf, ärztlich behandelt zu werden, warten darauf, dass es ihnen gut genug geht, um wieder arbeiten zu können, warten darauf zu erfahren, ob ihr Grad der Behinderung für den Anspruch auf Erwerbsunfähigkeitsrente ausreicht. Und ich habe noch Glück – ich bin *weiß*, ich gehöre zur Mittelschicht, ich bin krankenversichert, oft kann ich laufen. Es gibt so viele Menschen, die diese Privilegien nicht haben.

Frauen werden von der Medizin nicht ernst genommen, auch weil das Leid als unser Schicksal angesehen wird. (»Uns Frauen ist der Schmerz von Geburt an eingebaut worden. Das ist unser körperliches Schicksal«, erinnert Phoebe Waller-Bridge uns in ihrer Serie Fleabag.) Aber stell dir mal vor, wie erfolgreich, wie mächtig, wie glücklich wir wären, hätten wir keine Regelschmerzen, Fibromyalgie, prämenstruelle Dysphorie, Multiple Sklerose, Endometriose, vestibuläre Migräne … Die Liste lässt sich endlos fortsetzen. Es ist nicht fair, dass wir im Leiden vereint sind und uns dennoch so isoliert fühlen.

WIR MÜSSEN MEHR FÜR UNS UND ANDERE FRAUEN FORDERN.

WIR MÜSSEN TANZEN UND UNS ÜBER DAS PATRIARCHALE

GESUNDHEITSWESEN HINAUSBEWEGEN. EIN SYSTEM, DAS UNS GEFANGEN HÄLT, DAS SICH GEGEN UNS VERSCHWOREN HAT UND DEM UNSER STILLSCHWEIGEN ZUGUTEKOMMT.

Es ergibt Sinn, dass das Glück mit Bewegung einhergeht. Bewegungsfreiheit ist ein großes Privileg: Es bedeutet, dass du nicht hinter einer Kasse festsitzt und auf das Ende deiner Schicht wartest; es bedeutet, dass du an einem sicheren Ort leben kannst, wo du nicht eingeschränkt bist; es bedeutet vielleicht, dass du in einem Zug sitzen kannst, um deine Mum zu besuchen, oder in einem billigen Easy-Jet-Flug zu einem Junggesellinnenabschied; es bedeutet, dass du nicht im Gefängnis sitzt und keine Ausgangssperre hast – und es bedeutet, dass du körperlich in der Lage bist, dein Haus zu verlassen. Aber auch die Bewegung selbst kann zum Glücklichsein beitragen. Wie uns allen von unseren Hausärzt*innen geraten wird, bringt ein kleines bisschen Bewegung pro Tag einen Endorphin-Boost. (Warum werde ich dann so wütend, wenn ich Yoga mache?)

Auch der Akt der Bewegung selbst kann deinem Körper

signalisieren, dass eine Veränderung ansteht. Der Teil deines Gehirns, der Botschaften sendet wie: »Das solltest du nicht tun!«, »Das kannst du nicht!«, »Beim letzten Mal hast du Panik bekommen!«, funktioniert in Wahrheit ohne Sprache. Wenn du dir einredest: »Alles wird gut«, trainierst du dein Gehirn damit nicht unbedingt um. Es ist der Akt an sich, der deinem besorgten Verstand versichert, dass es dir wahrhaftig gut geht und du nicht gerade vor einem Löwen davonrennst – du steigst bloß in die U-Bahn, gehst um den Block oder telefonierst. Und dann hast du es geschafft. Durch dein Handeln hast du deinem Körper vermittelt, dass es okay ist. Er braucht die Angst nicht mehr. Durch Bewegung kommt Veränderung. Bewegung: Das Wort selbst ruft Gedanken an politischen Wandel hervor. Tatsächlich begeben sich Menschen in der Hoffnung auf persönliche Veränderung oft auf Reisen. Der Anthropologe Victor Turner stellte fest, dass der Akt der Bewegung – die Pilgerreise – uns erlaubt, neue Identitäten zu entdecken und in sie hineinzuschlüpfen. Er prägte den Begriff der Liminalität – eine Art Schwellenzustand. Dabei geht es ihm um Räume inmitten oder außerhalb gesellschaftlicher Zwänge, welche maßgeblich Freiheit, Entdeckungen und, wie ich persönlich finde, Glück ermöglichen. Manchmal betreten wir einen liminalen Raum (voller »Potenzial und Potenz«, wie Turner nahelegt) aus freien Stücken: zum Beispiel bei einer Reise ans Meer, um den Kopf freizubekommen und unsere Routine zu durchbrechen.

Als kranke Menschen, insbesondere als kranke Frauen, können wir uns jedoch auch gegen unseren Willen an den

Rand der Gesellschaft gedrängt fühlen. Aber dort an den Grenzen, an den Schwellen und Übergängen, werden wir aufblühen. Ich glaube, mir gelingt das durch Comedy und Schreiben. Wie Hélène Cisoux in »Das Lachen der Medusa« so schön sagt: »Sich davonstehlen, entfliegen, das ist die Bewegung der Frau, in der Sprache stehlend entfliegen, die Sprache dazu bringen, sich flugs davonzustehlen.« Durchs Schreiben, Singen, Lachen und Tanzen können wir fliegen und sind nicht länger gelähmt – »fliegende Frauen« statt »hysterische Frauen«.

So müssen sich alle, die sich als Frau identifizieren (auch alle marginalisierten Gruppen) – und besonders Frauen mit psychischer und körperlicher Krankheit –, aus den normativen Räumen hinausbewegen, die Räume erlernter Angst sind. Patriarchale Räume, in denen Ärzte einem das Gefühl geben, dass es okay sein sollte zu leiden.

UND MIT DER BEWEGUNG, IM WÖRTLICHEN SINNE ODER MENTAL, GEHT EINE VERÄNDERUNG DER IDENTITÄT EINHER. **HOFFENTLICH IN RICHTUNG GLÜCK UND FRIEDEN.**

Mit anderen Worten: »It's the cliiiimb« (Miley Cyrus). Und so laufe ich jetzt mit einem Gehstock, wenn ich muss (für den ich mich lange Zeit zu sehr geschämt habe), und wenn ich mich dazu in der Lage fühle, gehe ich auf eine Party und tanze ein bisschen. Ich gebe mir Mühe, mich bewusst über die mir auferlegten Zwänge hinwegzusetzen. Ich mache Comedy, denn »Jungs stehen nicht auf Mädchen, weil sie witzig sind« *(Frontalknutschen)*. Ich kreiere Collagen und Gemälde, obwohl ich es nicht auf die Kunstakademie geschafft habe. An manchen Tagen bin ich allerdings zu krank und traurig, um aus dem Bett zu kommen. Ich glaube, das ist auch okay.

SPRECHEN WIR UNS AUS

VON

Kelechi Okafor

SCHAUSPIELERIN, REGISSEURIN, PODCASTERIN, AUTORIN

Ich glaube, ich habe noch nie über den Tag geschrieben, an dem ich eine Überdosis Paracetamol genommen habe.

Das war am Ende meines letzten Unijahres. Es kam mir vor wie die Lösung für viele Probleme, mit denen ich mich als junge Schwarze Frau im strukturell rassistischen Umfeld der akademischen Welt herumschlagen musste. Durch meine traumatische Kindheit und eine konfliktgeladene Familiendynamik war ich ausgelaugt und suchte einen Ausweg. Natürlich wagte ich diesen Schritt nicht, ohne vorher mein Studium zu beenden. Vermutlich ist meine nigerianische Erziehung dafür verantwortlich, dass Suizidgedanken für mich keine Ausrede für schlechte Noten waren.

Ich weiß noch, wie aussichtslos mir alles vorkam. Ich fühlte mich unwohl in meinem Körper, weil ich ihn mir mit so vielen Traumata teilen musste.

Damals war mir nicht sofort klar, dass dieser Zwischenfall für mich eine Art Weckruf war. Nicht auf die klischeehafte Art, dass ich plötzlich einen Sinn im Leben gesehen habe. Viel banaler: Ich habe ganz einfach keinen Sinn im Sterben gesehen.

Es ging mir nicht darum, nicht länger existieren zu wollen. Ich wollte mir nur nicht mehr einsam und wertlos vorkommen. Da waren so viele Wörter in meinem Kopf, die ich noch zu sagen hatte. Genau so hat sich die Depression für mich angefühlt: Ich bin unter der Last meiner unausgesprochenen Schmerzen langsam zusammengebrochen.

Eine Bekannte hatte von dem Vorfall gehört und sagte ein paar Wochen später zu mir: »Ich kann gar nicht glauben, dass du das wirklich machen wolltest. Du bist doch beliebt, du kannst singen, tanzen und schauspielern. Warum solltest du mit deinem Leben nicht zufrieden sein?«

Was habe ich mich geschämt! Ich kam mir so undankbar vor. Es fühlte sich an, als wären alle um mich herum von mir enttäuscht, weil ich nicht dem Bild der starken Schwarzen Frau entsprach. Aus ihrer Sicht hatte ich so viel erreicht und besaß trotzdem die Dreistigkeit, noch mehr zu wollen. Mehr Rückhalt.

An dem Tag, als ich die Tabletten nahm, war auch mein damaliger Freund bei mir zu Hause. Ich hatte mich im Badezimmer eingeschlossen und weigerte mich rauszukommen. Meine Mitbewohner*innen tuschelten panisch miteinander, während sie draußen auf den Krankenwagen warteten. Am schlimmsten war, dass ich mich auch in dieser Situation noch selbst anmeckerte: »Gott, mach doch nicht so ein Drama.« Nicht mal ich hatte Mitleid mit mir, während ich zerbrach.

Ich wurde ins Krankenhaus gebracht, und mein Freund rief meine Mum an, um ihr zu sagen, was passiert war. Hinterher erzählte er mir, sie habe in ihrem strengen nigerianischen Tonfall gesagt: »Schön! Wenn sie ihr Leben so leichtfertig wegschmeißen will, dann ist das ihr Problem. Sie ist doch bloß auf Aufmerksamkeit aus. Sie soll mich anrufen, wenn sie wieder zur Vernunft gekommen ist.«

Mir wurde schlecht.

Mir wurde schlecht, weil meine Mum, die als Pflegerin mit psychisch Kranken arbeitet, nicht ein nettes Wort für mich übrig hatte. Und mir wurde schlecht, weil mein Freund unmissverständlich grinste, als er mir die Nachricht überbrachte. Gefolgt von den Worten: »Ich schätze, jetzt hast du nur noch mich.« Er schien sich an meiner Einsamkeit zu weiden. Schließlich zerfiel die nigerianische Kriegerprinzessin, die ich mühsam erschaffen hatte, gerade in ihre Einzelteile, und er hatte einen Platz in der ersten Reihe.

Meinen engsten Vertrauten zufolge dürfe jemand so Talentiertes wie ich nicht deprimiert und todunglücklich sein. Das gehöre sich nicht. Aber auch talentierte Menschen können müde werden. Nicht nur körperlich müde, sondern psychisch müde. Zum Beispiel, wenn man als Einundzwanzigjährige emotional mit den Folgen eines grausamen sexuellen Missbrauchs aus der Kindheit zu kämpfen hat und gleichzeitig versucht, dem riesigen Berg an Ansprüchen gerecht zu werden, die die Gesellschaft an Schwarze Frauen stellt – und zwar ohne dabei die eigene Selbstachtung zu verlieren.

Ich würde gerne schreiben, dass ich nach diesem Erlebnis sofort mit einer Therapie angefangen habe. Aber es hat bestimmt noch ein ganzes Jahr gedauert, bis ich mich getraut habe, meinen Hausarzt nach einer Überweisung zu fragen. In diesem Jahr habe ich gelernt, dass andere mich nicht retten können. Sie schaffen es ja kaum, sich selbst zu retten.

Als ich meiner Familie erzählt habe, dass ich eine Therapie machen will, musste ich mir anhören, was für ein Quatsch das sei. Denn »Nigerianer*innen haben keine Depressionen«. Und wenn ich deprimiert sei, dann nur aus einem Grund: Ich würde »Gott nicht genug vertrauen«. Ich weiß, dass viele Schwarze Menschen ähnliche Dinge zu hören bekommen, wenn sie sich wegen ihrer psychischen Gesundheit Hilfe suchen wollen. Uns wird eingeredet, nur respektlose Verräter würden »Familienangelegenheiten mit Fremden besprechen«. Natürlich ist das alles Unsinn.

Auch Nigerianer*innen können depressiv sein, selbst wenn sie es niemals so nennen. Doch sich seine Depressionen einzugestehen, bedeutet nicht, dass man nicht genug an Gott glaubt; meistens glaubt man nicht an sich selbst. Eine Therapie ist kein Verrat an der Familie. Die Themen, die man dort bespricht, werden vertraulich behandelt, und man wird genauestens informiert, unter welchen Umständen es doch nötig sein könnte, Dritte davon zu unterrichten.

WENN MAN ÜBER PSYCHISCHE GESUNDHEIT SPRECHEN WILL, MUSS MAN AUCH DARÜBER SPRECHEN, **WIE SCHWIERIG ES AUFGRUND VON GESCHLECHTSSPEZIFISCHEN UND RASSISTISCHEN STEREOTYPEN IST,**

ANGEMESSENE HILFE ZU FINDEN.

Natürlich hat es mich unheimlich verletzt, dass meine Mum in einem meiner schwierigsten Momente nicht verstanden hat, was ich brauche, aber ich mache ihr deshalb keine Vorwürfe mehr. Sie wird zwar bei der Arbeit täglich mit dem Thema psychische Gesundheit konfrontiert, aber wenn es um ihre eigenen Kinder geht, lässt sie sich natürlich von ihren kulturellen Ansichten leiten. Und das bedeutet unter anderem, dass wir in ihren Augen alle »stark« sein müssen. Genau aus diesem Grund tue ich mich schwer damit, Schwarze Frauen als stark zu bezeichnen. Weil das ein rassistisches Sprachbild ist, das sich seit Jahrzehnten hartnäckig hält. Es wurde als Entschuldigung genutzt – für unsere Versklavung und unsere Misshandlung, als Individuen und als Kollektiv. Bezeichnet man Schwarze Frauen als stark, erwartet man indirekt von ihnen, dass sie ihre Gefühle nicht öffentlich zur Schau stellen und unerbittlichen Ehrgeiz an den Tag legen. Das hat schon viele Schwarze Frauen das Leben gekostet, und ich lasse nicht zu, dass mir das auch passiert.

Unsere Familien verhalten sich im Übrigen nicht irrational, wenn sie dem Gesundheitssystem misstrauen. Immerhin wurden schon viele rassistisch motivierte Verbrechen unter dem Deckmantel der Wissenschaft verübt. Unsere Geschichte ist geprägt durch Kolonialismus und transatlantischen Sklavenhandel. Und genau deshalb reicht es nicht, wenn Therapeut*innen mit uns nur über die Dinge sprechen, die uns momentan beschäftigen. Sie müssen verstehen, dass die erlebten Traumata vieler Generationen in uns schlummern. Das erinnert mich an eine Zeile aus Audre Lordes Gedicht *Litanei für das Überleben*: »Wir waren nie bestimmt zu überleben.«

Ihre Worte haben mich tief berührt, denn wenn ich mir unsere heutige Gesellschaft ansehe, wird mir klar, dass die wahre Funktion von Rassismus nicht nur Ablenkung ist, wie Toni Morrison gesagt hat. Eine andere Funktion ist die Vernichtung. Ursprünglich war die Idee, dass die Versklavten und Kolonisierten eine moderne Gesellschaft aufbauen und dabei hoffentlich aussterben. Allein dass es immer noch Schwarze gibt, ist da doch schon eine Rebellion. Oft frage ich mich, ob es als Schwarzer Mensch nicht auch eine Art Rebellion ist, wenn man sich selbst das Leben nimmt. Historisch gesehen durften Schwarze Menschen nämlich nie selbst über ihr Leben bestimmen. Die Gesellschaft macht es uns auch wirklich nicht leicht. Wir werden einfach übergangen – immerhin hatte man bereits auf unser Aussterben spekuliert – und wir werden selten angemessen repräsentiert oder berücksichtigt.

Später erzählte mir meine Mum, sie habe geweint, nachdem mein Freund sie aus dem Krankenhaus angerufen hat. Sie hatte Angst, sie könnte nicht reparieren, was auch immer in mir zerbrochen war. Sie hatte Sorge, dass es mir wie den unzähligen Schwarzen Patienten ergehen würde, die ihr auf der Arbeit begegneten – die man völlig missverstand und deshalb falsch behandelte. Was kulturell in ihnen vorging, wurde von den Ärzt*innen nicht bemerkt. Ihre aufgewühlten Antworten als Wut verkannt. So steckten die Betroffenen in einem Teufelskreis fest, in dem diejenigen, die ihnen eigentlich helfen sollten, ihnen nur noch mehr Schaden zufügten.

Ich ließ mich weder von den Ängsten meiner Mum abschrecken noch davon, dass ich zu meiner ersten Therapeutin, einer *weißen* Italienerin, keine Beziehung aufbauen konnte. Obwohl es selbst meiner eigenen Mutter schwerfiel, Verständnis für meine Gefühle und Erfahrungen aufzubringen, war es doch sehr entmutigend, sogar in der Therapie Gaslighting zu erfahren. Wenn ich meiner Therapeutin von Situationen erzählte, in denen andere Schwarze Menschen sofort Mikroaggressionen erkennen, beharrte sie stur darauf, das alles hätte nichts mit Rassismus zu tun. Ihrer Ansicht nach könne man Rassismus außerdem ganz leicht bekämpfen, indem man sich einfach dafür entscheide, sich davon nicht angegriffen zu fühlen. Sie konnte einige der Hauptursachen meiner Depression überhaupt nicht nachvollziehen. Auch wenn sie die Aspekte des sexuellen Missbrauchs in meiner Kindheit verstand, erkannte sie dennoch nicht den strukturellen Rassismus, der schon meine Lehrer dazu verleitet hatte, mein distanziertes Verhalten einfach als »launisch« abzutun. Und so fühlte ich mich in Gegenwart meiner Therapeutin letzten Endes nie wirklich sicher.

Rein logisch betrachtet hätten viele meiner Erfahrungen es gerechtfertigt, nicht mehr weiterleben zu wollen. Aber für mich war keine davon Grund genug, um tatsächlich aufzugeben.

Beim zweiten Anlauf geriet ich an eine Schwarze Therapeutin. Sie war sogar Nigerianerin! Bis heute bin ich unendlich dankbar, sie getroffen zu haben. Bei ihr habe ich endlich gelernt, viele meiner Gefühle zu benennen, und mich sicher genug gefühlt, um auch Anspielungen auf meine Kultur zu wagen, egal wie lächerlich sie wirken mochten. Ich konnte darauf vertrauen, dass sie mich irgendwie verstand. Dank ihr konnte ich über mich hinauswachsen.

Danach hatte ich noch zwei andere Schwarze Therapeutinnen. Die Sitzungen mit ihnen haben im wahrsten Sinne des Wortes mein Leben verändert, denn sie lobten meine Selbstwahrnehmung und unterstützten mich gleichzeitig dabei, meine Verletzlichkeit wiederzufinden.

Es gibt bestimmt Leute, für die es keine Rolle spielt, welchen kulturellen Hintergrund ihr Therapeut oder ihre Therapeutin hat. Doch für mich – und auch für andere Schwarze Frauen, mit denen ich darüber gesprochen habe – ist es unglaublich wichtig, damit wir mit ihnen unsere »schmutzige Wäsche« waschen können, obwohl das in unserer Kultur nicht gern gesehen wird. Solche Therapeut*innen bieten uns einen Safe Space.

Ich habe meinen Podcast »Say Your Mind« gestartet, weil ich aus erster Hand weiß, wie viel Kraft man daraus schöpft, die eigene Wahrheit auszusprechen. Männer, Frauen und nichtbinäre Menschen schreiben und erzählen mir, dass sie sich durch meinen Podcast dazu inspiriert gefühlt haben, eine Therapie zu machen. Sie sind meine Motivation, immer neue Folgen aufzunehmen. Dabei sage ich nichts Aufregendes in meinem Podcast. Ich teile einfach meine Ansichten, meine Schwächen und meine Macken.

Ich nutze Tarotkarten, analysiere die Motive und leite daraus allgemeine Lebensweisheiten ab. Damit erreiche ich Hörer*innen vieler verschiedener Kulturen. Manchmal berichte ich auch über Erkenntnisse, die ich in der Therapie gewonnen habe. Außerdem kommentiere und hinterfrage ich die Nachrichten aus meiner Sicht als Schwarze Frau. Hin und wieder bringe ich meine Zuhörerschaft so auf Gedanken, die sie sonst nie gehabt hätten. Der beliebteste Teil meines Podcasts ist der letzte, in dem ich meiner Wut über die aktuellen Geschehnisse in der Welt Luft mache. In der Therapie habe ich gelernt, dass Wut nicht zwingend etwas Schlechtes ist. Es kommt drauf an, wie wir mit ihr umgehen. Viele Schwarze Frauen leiden unter emotionalen Traumata, weil sie missbraucht wurden, unterdrücken aber ihre Wut – aus Angst, als Angry Black Woman, also »wütende Schwarze Frau«, abgestempelt zu werden.

MEIN PODCAST WAR TEIL MEINES HEILUNGSPROZESSES UND EIN WEG FÜR MICH, ANDERE MENSCHEN – VOR

ALLEM SCHWARZE FRAUEN – ZU ERMUTIGEN, **SICH IHREN GEFÜHLEN ZU STELLEN UND NICHT DAVOR WEGZURENNEN.** DENN LETZTENDLICH FÜHRT KEIN WEG DARAN VORBEI.

Viele Hörer*innen schreiben mir und fragen, wie sie so selbstsicher werden wie ich und ihre Meinung sagen können. Ich gebe allen denselben Rat: Gib dich niemals auf, selbst wenn du ab und zu enttäuscht von dir bist. Such dir Safe Spaces, in denen du offen über all das reden kannst, was dich beschäftigt. Mich hat es gerettet, meine Gedanken auszusprechen. Und ich weiß, dass es auch anderen helfen kann.

Depressionen vergleiche ich gern mit dem Meer. Manchmal überrollen die Wellen mich. Dann muss ich auf ruhigere Zeiten warten und mich an etwas festhalten, das mich vor dem Ertrinken bewahrt. Es ist so wichtig, dass die Menschen im eigenen Umfeld – Familie, Freund*innen, Psychiater*innen, Therapeut*innen etc. – lernen, wie abhängig die psychische Gesundheit von Diskriminierungserfahrungen ist. Damit auch sie, wenn die Wellen zurückgehen, unsere Rettungsanker sein können.

ES IST OKAY, VERLETZLICH ZU SEIN

JEDE GESCHICHTE HAT ZWEI SEITEN

VON

Scarlett Curtis

JOURNALISTIN, AKTIVISTIN

Ich bin eine Last. Ich bin eine Bürde. Ich bin wertlos und verdiene keine Hilfe. Ich schäme mich für dieses tiefe, schwarze Loch in mir und verberge es, so gut ich kann. Ich bin langweilig, ich bin anstrengend. Zu Partys werde ich nur aus Mitleid eingeladen und wenn ich vorbeikomme, sind alle genervt. Ich bin so hässlich, mein Gesicht ist eine Beleidigung für alle, die mich anschauen, so ekelerregend, dass es eine Zumutung ist, mit mir in einem Raum zu sein. Ich verdiene keine Unterstützung, keine Freundschaft, keine Liebe. Eines Tages haben alle die Schnauze voll von mir. Sie werden meine Launen und Tränen und Bedürfnisse satthaben und verschwinden. Ich bin ein schlechter Mensch. Ich bin eine Last.

Du bist mein*e beste*r Freund*in/mein Kind/die Liebe meines Lebens. Du leidest. Unter einer Macht, die stärker ist als du. Und nichts davon – hörst du, *nichts* – ist deine Schuld. Du bringst Licht in mein Leben, auch wenn dir alles dunkel erscheint. Ich liebe dich nicht wegen deiner guten Laune. Nicht weil du lustig oder schlau oder fleißig bist oder weil du es morgens aus dem Bett schaffst. Ich liebe dich, weil du mein Leben bereicherst. Auch dann, wenn du Angst hast und traurig bist, denn ich liebe *dich* – nicht die Person, die du zu sein glaubst, weil dein Hirn es dir vorgaukelt. Ich sehe den Menschen hinter dem Nebel, den Menschen, den ich liebe. Ich kann nicht alles in Ordnung bringen, aber ich kann für dich da sein. Lass mich für dich da sein. Ich habe dir einen Marmeladentoast geschmiert und Tee gekocht.

BITTE LASS MICH REIN.

GESEHEN UND GEHÖRT (SIEHST DU DAS LOCH IN MEINEM KOPF UND ANDERE GEDANKLICHE IRRWEGE)

VON

Emilia Clarke

SCHAUSPIELERIN

Wenn du in deinem Job zwangsläufig immer im Rampenlicht stehst, stürzen schnell eine Menge Gedanken auf dich ein. Passt du nicht auf, können sie dir ganz schön zusetzen. Und wenn du noch dazu eine junge Frau bist? Tja, diesen Pfad beschreiten viele Frauen schon seit Jahrhunderten. Wenn du dir aber im Rampenlicht deinen Lebensunterhalt verdienst und dazu noch ein oder zwei Hirnverletzungen hinter dir hast? Dann wird das naturgegebene Vertrauen in deinen eigenen Verstand auf eine harte Probe gestellt und du dringst in ziemlich trübe Gewässer vor.

Ich war gerade dabei, mich an das Leben als junge Frau zu gewöhnen, da ergatterte ich durch Glück den Job meines Lebens.

Die Mutter der Drachen war nicht immer eine drachenreitende, kriegerische Königin, für die es keine große Sache war, jemanden von einer Sekunde auf die andere in ein Häufchen Asche zu verwandeln. Am Anfang ihrer Reise war sie verängstigt und allein, wurde missbraucht und an den höchstbietenden Hünen versteigert. Sie – ich – wir mussten da gemeinsam durch. Meine Unsicherheit, meine Angst und meine Weiblichkeit wurden vor aller Augen entblößt, in jeder Hinsicht. Und während ich begriff, was es bedeutete, eine Frau zu sein, die im Rampenlicht steht, packte die Menschen rund um den Globus das Game-of-Thrones-Fieber.

Doch das war noch der einfache Teil. Ich war neu in meinem Beruf, ein zarter Spross, der zum Gedeihen in seine Traumbranche verpflanzt worden war. Ich hatte so viel zu lernen, so viel Energie, so viele Möglichkeiten, der männerdominierten Welt zu zeigen, wozu eine junge Frau imstande war. So weit, so drachenreitend gut. Dann explodierte mein Gehirn.

So fühlt sich das übrigens wirklich an: wie eine kleine Bombe, die im Kopf hochgeht. Man kann quasi spüren, wie das Blut ausströmt und alles verwüstet. Medizinisch betrachtet war es ein hämorrhagischer Hirninfarkt, vereinfacht ausgedrückt ein Schlaganfall. Mein Plan, die Männerwelt an den Eiern zu packen und sie mir untertan zu machen – einen Sklavenhändler nach dem anderen –, wurde durchkreuzt. Aber ich durfte die Nerven nicht verlieren. Und das schien nur möglich, indem ich mein angeschlagenes Gehirn vor dem Rest der Welt verheimlichte.

Wenn man Menschen mit Hirnverletzungen konfrontiert, ziehen sie ein Gesicht, als müssten sie eine äußerst komplizierte mathematische Gleichung lösen. Es ist eine Mischung aus Verwirrung, Sorge und absoluter Ahnungslosigkeit hinsichtlich der wissenschaftlichen Zusammenhänge. Und ich nehme ihnen das nicht mal ansatzweise übel. Bevor ich selbst betroffen war, ging es mir genauso. Doch diese Erkenntnis ist noch ziemlich neu für mich. Schließlich hatte ich neun lange Jahre alles in meiner Macht Stehende getan, damit niemand erfuhr, dass ich zwei Hirnblutungen überlebt hatte. Warum? Weil ich es schlimm genug fand, dass wegen meines Jobs alle Augen auf mich gerichtet waren und die Menschen mein Gesicht und meinen Körper bis ins letzte Detail studierten. Irgendwann konnte ich an kaum etwas anderes mehr denken als an mein Image, sobald ich auch nur einen Fuß vor die Tür setzte. In Kombination mit zwei Hirnverletzungen wurde das zu einem echten Problem.

Ich war überzeugt davon, dass man die Löcher in meinem Kopf sehen konnte – die Löcher in meiner Rüstung, meinem Selbstbewusstsein, meinem Glauben an mich selbst. Die Leute hielten mich für eine junge Frau, die in der Filmbranche Fuß fassen wollte. Ich selbst hielt mich jedoch für eine Hochstaplerin, zu krank, um ernst genommen zu werden, und zu schwach, um irgendjemandes Mutter zu spielen – ganz zu schweigen die Mutter der Drachen.

Von psychischer Gesundheit hatte ich keine Ahnung. Natürlich hatte ich mal von Depressionen, posttraumatischen Belastungsstörungen und Suizidversuchen gehört, aber ich wäre im Leben nicht auf die Idee gekommen, dass ich eines Tages selbst damit zu kämpfen hätte. So leicht kann man sich täuschen! Ich war längst selbst betroffen. Und ich war davon überzeugt, alle Menschen, denen ich begegnete, würden das Gleiche sehen wie ich: meine Defizite. Hätte ich ein Gipsbein oder eine Augenklappe getragen, irgendein Zeichen mit der Aufschrift *Achtung: Mir geht es nicht gut*, dann hätte ich vielleicht auf die eine oder andere Art Mitgefühl erfahren. Aber für mich und viele andere ist das keine Option. Sich zu verstecken jedoch schon. Und die Schauspielerei ist meine liebste Tarnung.

Zum Glück bin ich von liebevollen Menschen aufgezogen worden, habe einen tollen Freundeskreis und ausreichend Menschenkenntnis, um mich selbst zu durchschauen.

MEIN GEHIRN WAR DURCH DIE HÖLLE UND ZURÜCK GEGANGEN UND HATTE ÜBERLEBT. **JETZT WAR ES AN MIR, ES AUFZUPÄPPELN,** DAMIT ICH ENDLICH WIEDER ERKANNTE, WIE MEIN LEBEN WIRKLICH WAR: PRALLVOLL MIT **LIEBE, WÄRME UND FREUDE.**

Versteh mich nicht falsch: Bis dahin war es ein langer Weg. Noch immer gibt es genug Orte und Tage, an denen ich mich wie eine Mogelpackung fühle – mit einem kaputten Hirn, das jede*r sehen kann, während ich zum nächsten Ausgang geleitet werde.

Was davon liegt nun daran, dass ich eine Frau bin? Was daran, dass ich Schauspielerin bin? Und was an meinem Verstand? Und was von alledem bilde ich mir nur ein, weil ich immer noch nicht weiß, welcher Teil meines Gehirns sich verabschiedet hat? Darauf habe ich keine Antwort. Aber es gibt auch eine gute Nachricht: Ich bin nicht allein. Nicht etwa, weil mein Gesicht einen gewissen Wiedererkennungswert hat. Oder weil ich das Privileg genieße, Familie und

Freund*innen zu haben, die mich auf Abruf umarmen und unterstützen. Sondern weil ich eine von fünfzig Millionen auf dieser Welt mit Hirnverletzungen bin. Und wenn andere damit leben können, tja, dann sollte die Mutter der Drachen wohl lieber auch den Mut finden, weiterzumachen.

DARIA

VON

Nicholas Müller

MUSIKER, AUTOR

Okay, Daria. Setz dich erst mal. Kein Mensch liest im Stehen, wenn er oder sie es nicht gerade total eilig hat, und du kannst es nicht immer eilig haben, also setz dich. Mir ists übrigens ganz egal, dass du nicht Daria heißt. Mir ist egal, ob du weiblich oder männlich oder beides bist. Vielleicht heißt du sogar wirklich Daria, was statistisch natürlich durchaus möglich wäre. Am Ende ists auch nur ein Name. Einer, der aus dem Persischen kommt und »Das Gute festhaltend« bedeutet, so Pi mal Daumen. Vielleicht kann mans auch mit »Am Guten festhaltend« übersetzen. Das fänd ich irgendwie schöner und wärmer, aber ist ja auch egal.

Alles egal.

Nur eins nicht: Du bist ein Mensch, du bist hier, du atmest. Wie schön!

Hast du schon mal über Angst nachgedacht, Daria? Also, so richtig? Auch an Tagen, an denen du sie nicht gespürt hast? Ich weiß nicht, was ich davon halten soll, um ehrlich zu sein.

Angst ist nämlich eigentlich ein gutes Ding. Sie bewahrt uns vor Schlimmerem, sie rettet uns das Leben, wenns sein muss. Das tat sie schon für unsere Vorväter und Vormütter, damals, als man noch im knappen Fell-Einteiler und mit Selfmade-Speeren bewaffnet durch die Walachei pirschte, um ein ordentliches Mammut, ein Erdferkel oder – an mauen Tagen – ein paar Früchte und Wurzelgewächse in die Lehmhütten-Vorratskammer zu bringen. Dabei wars nicht unüblich, dem ein oder anderen Säbelzahntiger zu begegnen. So ein Vieh war wahnsinnig stark, wahnsinnig säbelzahnig und, nicht zuletzt und zu allem Unglück, auch noch wahnsinnig schnell. Dem frühen Menschen blieb nur die Flucht oder der Kampf, und beides verlangte nach ziemlichen Superfähigkeiten. Reflexe, Sinne, Kreislauf, Stoffwechsel, alles musste auf höchstem Niveau arbeiten, um den Körper schnell, die Ohren spitz, die Augen scharf, die Muskeln stark und das Hirn handlungsfähig und entscheidungsfreudig zu machen.

Funfact: Selbst die elende Schwitzerei, die du kennst, wenns ganz aufregend wird, selbst die ergab damals total Sinn. Wer schwitzt, wird glitschig, und wer glitschig ist, den fängt man nicht so schnell. Selbst so ein Tigertier nicht.

Für all das brauchte es damals wie heute Hormone. Kleine Boten, die quer durch den Körper schießen und an den jeweiligen Rezeptoren, irgendwo auf dem Weg vom Hirn zum Herzen, zu den Muskeln, zu allen möglichen Organen, signalisieren, dass irgendwas gerade los ist. Die können von »Och, wie schön! Jetzt knutschen sie!« bis hin zu »Scheiße! Lebensgefahr!« so ziemlich alles und das ist ganz wunderbar so, weil wir alle sonst eine fade Suppe aus 206 Knochen mit bisschen Haut drüber wären. Fade Suppe, die offenen Auges ins Verderben rennt, sich aber auch nie verliebt und kein Mitleid haben kann, wenns den Mitmenschen gerade dreckig geht.

Halten wir also fest:

DAS, WAS WIR ALLE ALS ANGST KENNEN, IST EIN

URINSTINKT. EINE BOTSCHAFT, DIE TIEF IN UNSERE ERBANLAGEN GESCHRIEBEN STEHT. **SIE IST NICHTS GRUNDSÄTZLICH SCHLECHTES**, SIE FÜHLT SICH NUR MEISTENS WAHNSINNIG SCHLECHT AN.

Nun ist sie aber auch nichts, was uns unentwegt begleiten sollte. Klar, überall auf der Welt gibt es Menschen, die konstant in schlimmen Situationen leben und deswegen ängstlich sein müssen. Es gibt Kriege, Missstände, Gewalt und Gefahr, es gibt aus irgendeinem unsagbar dummen Grund immer noch Nazis. Und selbst, wenn das keine alltäglichen Begleiter sind, müssen wir uns auch nichts vormachen. Das Leben ist eine wunderbare Sache, aber es ist auch saugefährlich. Es gibt Krankheiten, deren Namen kannst du nicht mal aussprechen, wir werden alle älter und irgendwann – und da werden wir nicht mal gefragt – sterben wir auch. All das ist auf die eine oder andere Art besorgniserregend und lässt sich nicht wirklich abschütteln.

Als ich dich eben fragte, liebste Daria, ob du schon mal über Angst nachgedacht hast, obwohl sie gar nicht da war, hatte das seinen

Grund. Manchmal ist es nämlich so, dass Angst so groß und wichtig in deinem Leben werden kann, dass der Gedanke an sie dir wiederum Angst macht. Wo das hinführt, kannst du dir ausmalen. Dann wird jeder Tag zum Kreis, endlos und ohne echte Richtung. Ich möchte dir dazu gerne eine kleine, große Geschichte erzählen. Klein für die Welt, groß für mich. Weils meine Geschichte ist.

Ich war so ungefähr 24, als meine Mutter starb. 24 mag dir mitunter tierisch alt vorkommen, je nachdem, wie alt du gerade bist. Aber glaube mir, ich hatte zu dem Zeitpunkt noch nicht genug Leben hinter mir, dass es gereicht hätte, um damit umgehen zu können, so ein großes Stück davon zu verlieren. Meine Mama war eine tolle Frau und sie hat mir immer Liebe gegeben und beigebracht, sie war meine beste Beraterin, wenn ich mit gebrochenem Herzen oder angebrochenem Willen durch die Gegend lebte. Irgendwann wurde bei ihr Brustkrebs diagnostiziert und das schockte uns alle gehörig. Meinen Vater, meine Oma, meine Tante, all die Freundinnen und Freunde um uns herum. Mama machte die übliche Behandlung mit und das half wirklich gut. Sie war binnen eines Jahres krebsfrei und wir feierten wie losgelassen. Wir hatten gut 300 Tage Sorgen und Ängste hinter uns und alle sollten wissen, dass wir uns davon nicht haben unterkriegen lassen.

Daria, versprichst du mir bitte, dass du hier nicht dein Kopfkino anschmeißt? Das hier ist meine Geschichte, die Geschichte meiner Familie. Zu diesem Zeitpunkt leben 7,6 Milliarden Menschen auf diesem Planeten und jeder einzelne davon trägt, genau wie du auch, völlig individuelle Geschichten bei sich. Acht Nullen hat die Zahl. Wühl dich da nicht durch. Nur, weil dus liest, wirds dir nicht automatisch genauso widerfahren.

Okay, dann pass auf:

Kurz nach unseren Feiern erkrankte meine Oma. Die Oma, die ich mein Leben lang jeden Tag in meiner Nähe hatte, weil sie im selben Haus lebte wie ich. Sie starb recht schnell und viel zu früh. Niemand war darauf vorbereitet, niemand wollte vorbereitet sein. Wer will denn so was schon?

Die Traurigkeit war noch nicht ausgezogen, da brachte meine Mutter von einer Routineuntersuchung die Neuigkeiten mit, dass auch sie wieder krank war. Ihr Krebs war wieder gewachsen und hatte beschlossen, sich andere Organe und neues Gewebe auszusuchen, in dem er wohnen wollte. Von Anfang an war klar, dass es diesmal nicht so verhältnismäßig einfach würde wie beim letzten Mal. Trotzdem wurden die anstrengendsten Anstrengungen unternommen, die du dir vorstellen kannst, um alles wieder gut zu machen. In solchen Situationen hilft es manchmal, einfach davon auszugehen, dass alles wieder gut wird, und das taten wir. Wir schmiedeten Pläne, renovierten an unserem wunderschönen, riesigen Haus auf dem Land herum, machten den Garten zum Park, in dem Mama auch an schwächeren Tagen in der Sonne sitzen und sich einer Normalität nah fühlen konnte.

Manchmal hilft selbst der größte Wunsch nicht, weißt du? Hast du dir schon mal gewünscht, dass es an Weihnachten genau DAS EINE Geschenk sein sollte, und als dus dann auspacktest, war noch nicht mal was Ähnliches im Paket? Hast du dann auch verwirrt geguckt und noch mal nachgesehen, ob vielleicht nur das Namensschild vertauscht war, weils ja eigentlich gar nicht anders sein konnte? Du hattest es doch schließlich ganz genau auf dem Wunschzettel beschrieben und unentwegt erklärt, dass WIRKLICH ÜBERHAUPT NICHTS so wichtig sein konnte!

Nun, so ging es mir an dem Morgen, an dem meine Mutter zum letzten Mal einschlief. Ich konnte es, wollte es nicht glauben. Mein Wunsch, dass alle gesund und glücklich gemeinsam irgendwie alt, zumindest älter werden durften, wurde ersetzt durch lausige zwei Jahre. Dieses Geschenk war nicht mal halb so groß und schön, wies auf meinem Wunschzettel stand, und diese Ungerechtigkeit riss mir den Boden unter den Füßen weg. Ich weinte mehr, als man Wasser im Körper haben kann, und wusste überhaupt nicht mehr, wo oben und unten war. Die Woche bis zur Trauerfeier für meine Mutter verbrachte ich größtenteils im Bett, schnaubend und heulend und fluchend. Die raren Momente, in denen ich mich traute, außerhalb meines Zimmers zu sein, erlebte ich schwindelig und bedrohlich.

(Hab ich dir eigentlich schon erzählt, dass ich wieder zu Hause eingezogen war, um bei meiner Familie sein zu können, obwohl ich eigentlich schon längst in einer eigenen Wohnung wohnte? Nein? Jetzt weißt dus.)

So recht wollte mich keine Ruhe finden und ich fand sie

auch nirgends, schlief erbärmlich und viel zu wenig, aß entweder viel zu wenig oder viel zu viel. Mir war permanent schlecht und mein ganzer Körper fühlte sich an, als würde mich jemand Ungeliebtes ständig viel zu doll umarmen.

Am Tag der Trauerfeier zog ich dann mein schlecht sitzendendes, schwarzes Kaufhaus-Sakko an, das wir damals schon für die Beisetzung meiner Oma gekauft hatten, und fuhr die paar Meter zur Kirche mit meinem Vater, in seinem silbernen Mercedes-A. Wir gehörten zu den Ersten und trafen nur auf ein paar einzelne, betrübte Menschen. Mein Wunsch wärs gewesen, überhaupt niemandem zu begegnen, bis ich in der ersten Reihe der Kirche Platz genommen hatte, aber mit Wünschen hatte ichs damals ja ganz offensichtlich nicht so.

Dort saß ich dann, in der ersten Reihe, zwischen Verwandten und engen Freunden, die nach und nach in die Kirche tropften, gefolgt von unzähligen Gesichtern – bekannt wie fremd –, bis wirklich auch der letzte, unbequeme Holzbankplatz seinen ihm zugewiesenen Hintern hatte. Ganz hinten, am Eingang, stand wie im Spalier eine große Gruppe meiner Freunde, die entweder den Älteren ihre Sitzplätze überlassen hatten oder ein bisschen zu spät gekommen waren.

Den ganzen Tag schon begleitete mich eine tiefschwarze Schwäche, gepaart mit einem Karussellschwindel. Beides erklärte ich mir möglichst erwachsen damit, dass die letzte Zeit so von der anstrengenden Sorte gewesen war, und mit dem, was Erwachsene sagen, wenn sie ihren Seelenschiefstand möglichst unkompliziert und unspektakulär umschreiben wollen: Das mussten »die Nerven« sein. Die waren mir ausgegangen, in all dem bitteren Gedöns um mich herum.

Zwischen all der Turnerei, die einem in einem katholischen Gottesdienst so begegnen konnte – aufstehen, hinknien, Buch auf, Buch zu, aufstehen, hinsetzen –, fiel ein Schleier immer tiefer über mich. Mein ganzer Körper kribbelte und je mehr ich mich auf meine Atmung konzentrierte (macht man ja so, wenn mans an »den Nerven« hat), umso weniger schien ich Luft zu bekommen. Ab dem zweiten Drittel der Veranstaltung verzichtete ich gänzlich auf jede Bewegung und sank immer tiefer in mir zusammen, klammerte mich dabei an der Bank fest und richtete den Blick auf meine Füße, die unendlich weit weg sein wollten. Mir ging der kalte Schweiß aus, ich fror und verbrannte abwechselnd und spürte einen Pulsschlag im Hals, der das Ende alles Guten herbeizutrommeln schien. Alles um mich herum wurde unsagbar laut und störend. Meine Gedanken überschlugen sich, alle Bedrohungen der Welt schienen in jeder Ecke zu lauern und mit einem Mal war mir völlig klar, dass ich jetzt sterben musste. Auch ich, so wie meine Mutter und meine Oma vor mir, musste offensichtlich jetzt sofort von dieser Erde gehen. Mir fiel nichts anderes ein als Flucht. Ganz so, als würde gerade ein Säbelzahntiger den Gang der Kirche hinunterschleichen, mit mir im Blick und ordentlich Hunger.

Ich griff die Hand meiner Patentante, die neben mir saß und sich gerade ihre Tränen wegschnäuzte, und bat sie, mich nach draußen zu bringen. Irgendwohin, wo mir irgendjemand helfen konnte, weil ich dringend Hilfe bedurfte. Schließlich starb ich gerade. Sie half mir beim Aufstehen, hakte mich unter und geleitete mich durch den Mittelgang, wo alle Augen auf mich gerichtet waren. An der Tür angekommen, blickte das ganze Freundes-Spalier mich aus blassen Gesichtern an und wirkte erschrocken. Ich muss bestenfalls scheußlich ausgesehen haben, mit all meinen wirren Gefühlen und all meiner Angst.

Einer meiner besten Freunde folgte uns nach draußen, erkundigte sich nach dem Stand der Dinge und verlud mich dann sofort in sein Auto, um mich ins nächste Krankenhaus zu bringen. Dort, wo ich aufgewachsen bin, ists ein einigermaßen weiter Weg bis zum nächsten Krankenhaus. Schließlich wurde ich mit einem Rollstuhl in die Notaufnahme gefahren, auf eine Liege verfrachtet und direkt an Maschinen angeschlossen, die unter nervenaufreibendem Gepiepe mein Herz kontrollierten. Mit dem Ergebnis: prächtig. Macht, was es soll. Ehrlich gesagt ging es mir auch schon besser. Was auch immer da in mir los war, erreichte seinen Gipfel auf halbem Weg hierher. Ich fühlte mich, als müsste ich aus der Haut fahren, dann brandete es langsam, viel zu langsam, aber spürbar aus meinem Körper. Ganz so, als würde sich gerade eine Batterie entleeren oder ein Regen versiegen. Was blieb, war eine drückende Müdigkeit. Eine Erschöpfung, wie ich sie kaum kannte. Höchstens nach drei Nächten ohne Schlaf oder einer ungeheuer wichtigen Prüfung.

Und so erschöpft lag ich nun da und hörte mir an, was meine Ärztin zu sagen hatte:

»Alles fit bei Ihnen. Das werden die Nerven gewesen sein.«

Ich wusste es doch! Es war dieses Nervending, dieses ungeheuer erwachsene Nervending.

Ich war beruhigt und besorgt zugleich. Glücklich und traurig auf einmal. Klaro gings mir jetzt besser, diese Unerträglichkeit, die mich hierhergeführt hatte, war endlich vorbei und offensichtlich ließ keine der Untersuchungen darauf schließen, dass ich wirklich krank war. Eine Episode wird das gewesen sein. Puh.

Aber!

Was, wenn es auch ein Anzeichen auf eine schwere Krankheit gewesen sein konnte? Irgendwas, das tief in mir drin, in meinem Blut, in meinen Knochen, in meinen Organen hauste und langsam, aber sicher irgendwas kaputt machte, sich jetzt aber einfach sehr gut versteckte? Was, wenn die alten Maschinen in diesem Dorfkrankenhaus hier einfach nicht in der Lage waren, mein topmodernes Überproblem zu messen? Ich schien jedes Vertrauen in die Welt und mich verloren zu haben, auf einer halbstündigen Fahrt über Mittelgebirgsstraßen.

Weißt du, Daria? Du gehst zweimal ums Haus und triffst dabei drei Menschen, die dir vier noch viel traurigere Geschichten erzählen können, aber mir gehts hier auch nicht darum, eine Geschichte von Traurigkeit zu erzählen. Und schon überhaupt nicht gehts mir darum, einen Wettbewerb zu eröffnen. Jeder Mensch hat zu jedem Zeitpunkt das Recht, der traurigste Mensch der Welt zu sein. Wir dürfen zwischendurch einfach mal nichts mehr können. Es kann die unterschiedlichsten Gründe haben, plötzlich knietief in einer Angst zu stecken, dass dir die Füße so schwer werden, als hätte irgendwer dich festgebunden. Sieht mans mal realistisch, ist meine Geschichte sogar so wenig besonders, dass sie zwischen all den anderen Geschichten da draußen nicht mal auffallen würde. So komisch das klingen mag, aber irgendwie liegt in diesem Gedanken auch Hoffnung. Schließlich bin ich, sind wir, ist niemand allein mit dieser Angst.

Angst! Lass es vier Wochen später gewesen sein, dass ich bei meiner Hausärztin im Behandlungszimmer saß und sie einigermaßen verständnislos ansah. Vier Wochen, in denen ich viele Wege genommen hatte, um meinen Körper von rechts auf links ziehen und von oben nach unten scannen zu lassen. Zahllose medizinische Disziplinen, alles ohne Ergebnisse, die über »Sie sind zu dick« und »Sie sind viel zu dick« hinausgingen. Das war mir vorher schon klar und in den Tagen nach der Beisetzung meiner Mutter oft genug der Grund, mir einzureden, dass ich an meiner Misere selber schuld sein musste. Weil ich einfach zu ungesund aß und generell zu viel Mist in meinen Körper ließ. Die Sache mit »den Nerven« wurde nämlich von Tag zu Tag schlimmer. Genau genommen vergingen keine 24 Stunden, in denen ich mich nicht mindestens einmal hinlegen musste, egal wo ich gerade war, und wie ein Karpfen auf dem Trockenen nach Luft rang und mich vor lauter Körperkirmes wand. Es begann immer wie die Einfahrt in einen Tunnel, überkam mich dann wie ein lauter Schreck und trieb mich durch die immer gleichen Sensationen. Puls, Schweiß, Frösteln, Orientierungslosigkeit und der unendlich laute Wunsch in mir, dass damit jetzt Schluss sein musste, egal was es kosten würde. Ich war mir sicher, dass sich Sterben genau so anfühlen musste. Es passierte nur nie.

Und so saß ich da, auf diesem Plastikstuhl, und hörte der Frau Doktor dabei zu, wie sie mir erklären wollte, dass ich ein Angstproblem haben musste. Alle Organe waren nämlich gesund, meine Blutwerte absolut im Rahmen, ich war lebensfähig.

Sie sprach von Panikattacken, von einer Störung, gewachsen aus all dem Kummer der letzten Wochen, Monate, Jahre. Meine Seele, bei allem, was sie konnte, war unter der Belastung verletzt worden und nun ziemlich gebeutelt und überfordert. Ich konnte das nicht glauben. Vielleicht wollte ich das nicht glauben, weil ich mir nicht vorstellen konnte, dass ein Körper so dermaßen krass auf ein seelisches Problem reagierte. Ich wusste von Depressionen, von unkontrollierbarer Traurigkeit und ich wusste, dass manche Menschen aus den verschiedensten Gründen verrückt wurden. Ich wusste auch, dass man sie dann nicht verrückt nennt, zumindest nicht so laut, dass sies hören konnten, weil das respektlos war. Aber die Menschen sprachen trotzdem oft genug von den Verrückten und meine erste Sorge war nun, dass ich wohl ab sofort dazugehören sollte.

Ein Verrückter, der Verrücktes tut und Verrücktes fühlt.

Die Ärztin schlug vor, mich in einer psychiatrischen Tagesklinik anzumelden (überall Verrückte!) und dort an meinem Problem zu arbeiten. Ich beschloss, erst mal nach Hause zu gehen und mich zu informieren. Ich wollte diesen Gegner nicht nur beim Namen kennen, sondern auch wissen, wo er am wenigsten gerne getroffen wurde.

Angst, liebe Daria, ist keine Krankheit. Ich glaube, das sollte mittlerweile einigermaßen klar sein. Sie ist allenfalls ein Symptom und so etwas wie eine knallrote Sirene in dir drin, die dir unbedingt und brüllend laut sagen möchte, dass irgendetwas schiefläuft oder zumindest schieflaufen könnte. Es gibt halt Menschen, die ein Ungleichgewicht in sich tragen, und darauf möchte die Angst sie hinweisen. Der Grund dafür können schlimme Erfahrungen sein, dann spricht man von einem Trauma. Es kann aber auch einfach sein, dass dieser Mensch sein Leben lang schon sensibler reagiert, weils ihm oder ihr quasi gegeben ist, sensibel zu reagieren. Keiner dieser Gründe ist besser oder schlechter, keiner mehr oder weniger wichtig oder richtig. Wir alle entscheiden uns nicht dafür, irgendetwas schlimm oder qualvoll zu finden. Es ist einfach so. Niemand, wirklich niemand sollte sich schlecht fühlen, sollte Schuld empfinden, nur weil er oder sie ein Mensch ist, mit all dem, was unsere Spezies nun mal so mitbringt. Merkst du dir das, Daria? Es ist ganz wichtig!

Ich möchte den Rest meiner Geschichte gerne ein wenig abkürzen, auch wenn sie eigentlich wirklich lang ist. Über zehn Jahre lang, um genau zu sein. Die Angst begleitete mich lange Zeit wirklich überallhin, und ich dachte, ich würde sie nie wieder los. Ich fluchte verbissen auf sie und hielt sie für meinen größten Gegner, für etwas gänzlich Böses und Schlechtes. Mittlerweile weiß ich ja, dass das nicht stimmt, aber ich verstehe mich und alle, die das nicht so sehen können oder konnten.

Mein ganzes Leben stand im Schatten meiner Probleme, ich fühlte mich besonders, obwohl ich das gar nicht wollte. Ich wollte normal sein, ohne überhaupt zu wissen, was das genau bedeutete. Ich sah nur meine Freundinnen und Freunde, im gleichen Alter wie ich, die einigermaßen ereignisarme Leben führten und sich aussuchen konnten, was sie wann und wo machen wollten. Bei mir schwang stets die Sorge mit, wieder von einer Panikattacke eingeholt zu werden.

Ich ging eine Zeit lang nicht mal mehr einkaufen, geschweige denn zum Feiern vor die Tür, weil das Öffentlich-Sein mich sorgte. Nichts konnte sich ekeliger anfühlen, als so blanknervig und hilflos zwischen fremden Menschen zu sein. Mein Alltag schrumpfte zu einem Korridor aus aufstehen, tagsüber irgendwie existieren, bis zu drei Panikattacken aushalten, erschöpft einschlafen. Das wars. Das konnte es nicht gewesen sein.

Weißt du, was mein größter Fehler war? Mein einziger Fehler? Ich habe viel zu lange gewartet. Ich habe viel zu lange damit gewartet, zu akzeptieren, was bei und mit mir abging. Es war aber auch irgendwie so einfach zu warten. Ich hab wohl gedacht, dass eine Sache, die von alleine kommt, auch wieder von alleine gehen muss. Und die Zeit bis dahin, die musste eine Strafe sein, die ich zu ertragen hatte. Von Gott oder so. Was für ein absoluter Quatsch.

Liebe Daria, jeder Mensch darf so sein. Unperfekt und wackelig auf den Beinen. Menschsein ist kein Wettbewerb, bei dem nur die gewinnen, die eine gute Performance hinlegen. Und selbst wenns so wäre, bliebe doch die Frage, was denn überhaupt eine gute Performance ist.

Mich macht das ganz rappelig, wenn ich in langweiligen Minuten mein Handy zur Hand nehme und durch Instagram scrolle. Überall Leute, die ihre superguten Körper in superschicken Klamotten von Task zu Task bewegen, nebenbei noch drei Firmen gründen und fünf Preise in noch superschickeren Klamotten entgegennehmen. Die scheinen nur aus Anstand zu schlafen. Und ich? Ich sitz hier auf meiner Couch, in meinem katastrophal unaufgeräumten Wohnzimmer, den Computer auf den Knien und schreib dir diesen Brief. Ich bin viel zu spät dran, mein Herz schlägt deswegen die ganze Zeit mindestens fünf Schläge zu schnell und ich ärgere mich über mich selbst.

Gleich hab ich ein Date mit meiner kleinen Tochter. Wir wollen spazieren gehen, den nahenden Frühling genießen und endlich noch mal ein paar Stunden draußen sein, ohne uns vor abgefrorenen Zehen und grauen Wänden zu fürchten. Ich werde noch schreiben, soweit es mir möglich ist, und dann werde ich unrasiert und mit zerzaustem Haar, fünf Minuten zu spät und abgehetzt bei meiner Tochter auftauchen. Sie wird mir entgegenlaufen, ihre Arme um mich legen, um mich zu begrüßen, und dann werden wir spazieren, als gäbs all das nicht – die ganzen sauschönen Instagram-Profile und die Fehlersuche im eigenen.

GENAU DESWEGEN GIBTS KEIN PERFEKT UND KEIN NORMAL. **WEIL DA IMMER JEMAND SEIN WIRD, DER DICH ANNIMMT UND LIEBT**, MIT ALLEM, WAS DU BIST ODER EBEN AUCH NICHT.

Vielleicht sogar gerade, weil du irgendwas nicht bist und dafür ganz viel anderes. Irgendwer ist da draußen, der dir alles verzeiht und ein Zuhause in dir sieht. In deinem chaotischen Wohnzimmer, mit der unerledigten Arbeit und den unbezahlten Rechnungen. In deinem Herzen, in dem vielleicht die Angst wohnt, vielleicht die Wut auf die Welt und dich. Vielleicht bist du schon immer verwandt mit diesem Menschen, vielleicht bist du ihm oder ihr noch gar nicht begegnet.

7,6 Milliarden, Daria. So viele Menschen. Du glaubst doch nicht, dass dich keiner von denen liebt, für alles, was du bist?

7,6 Milliarden. Acht Nullen. Davon 83 Millionen allein in Deutschland. Und von denen habens circa 10 Millionen mit der Angst zu tun. Und ich war einer von denen.

Diese Zahl ist echt und in vielen Studien erhoben worden, aber ich musste sie erst mal erfassen. Ich musste lernen, sie zu fassen. Ich musste erst mal verstehen, wie wenig ich besonders war, in allem, was ich mit mir herumtrug. Ein riesengroßer Verein aus unperfekten Menschen begegnete mir jeden Tag. Leichen im Keller, die Taube auf dem Dach, alle hatten sie ihre Zweifel und jeder und jede Achte hatte mehr Angst als die sieben davor. Mein Leben lang hatte ich mich geweigert, Teil irgendeines Clubs zu sein, jetzt wars wohl so weit.

Nach all dem Warten auf die Lösung beschloss ich, selber ein Teil davon zu werden. Es war ein denkbar dunkler Tag, schmuddelig und voller Fragen. An solchen Tagen wachte ich meist schon mit dem Wissen auf, dass mich heute eine Angst abholen würde, um mit mir durch den Tag zu gehen und irgendwann eine halbe Stunde auf meiner Brust zu verbringen. Eine halbe Stunde, vielleicht eine Dreiviertelstunde, mehr kann so eine Angst nicht. Sie ist angewiesen auf all die kleinen Hormone, von denen ich dir schon schrieb. Und da gibts kein endloses Fass ohne Boden, aus dem die Angst schöpfen kann. Irgendwann sagt dein Körper, dass es jetzt reicht mit dem Gehetztsein. Er schaltet auf Sparmodus, macht dich müde und erschöpft, aber nimmt die Panik von dir und mit ihr die Angst vorm Sterben. Die halbe Stunde davor dehnt sich aus, wies sonst nur das Universum kann, das ist sicher. Die Zeit danach ist dein Hirn noch voller Vorhänge, aber auch voller befohlener Ruhe.

Ich seh mich noch dort hocken, auf meinem durchgesessen Schreibtischstuhl, auf dem es sich so billig saß, wie er billig war, in meinem kleinen Arbeitszimmer unterm Dach. Mein ganzer Körper fühlte sich wund und aufgescheuert an, mein Mund war trocken vom schnellen Atmen, meine Muskeln schmerzten vom Sich-verkrampft-gegen-die-Panik-Wehren.

Ich hielt mein Telefon in zittrigen Händen. Dieses Mal rief ich nicht, wie unzählige Male zuvor, den Notruf, um mich schon wieder auf Liegen liegend von der Tüchtigkeit meines Herzens überzeugen zu lassen, von Ärzten und Ärztinnen, die ich schon beim Namen kannte, weil wir uns so häufig sahen.

Ich rief all diejenigen an, die wissen mussten, dass es ab hier nicht mehr weiterging, damit es endlich weitergehen konnte. Freund*innen, Kolleg*innen, meinen Vater. Und dann eine Klinik, die mir empfohlen worden war.

Ich sagte erst alles ab, was es abzusagen gab. Termine und Verpflichtungen, Treffen und Verabredungen. Das war überhaupt nicht einfach, aber nichts davon fühlte sich auch nur annähernd so nach Weltuntergang wie sonst, wenn es mir richtig schlecht ging.

Dann sagte ich alles zu, vor dem ich mich vorher so schlecht versteckt hatte. Die Einsicht zum einen, dass ich dringend jemanden brauchte, der mit mir nach Lösungen suchte. Und dann sagte ich die Zeit zu, die es brauchte, um wieder gesund zu werden. Die hatte kein festes Maß, niemand konnte mir Garantien aussprechen, nicht mal die nette Dame aus der Klinik, am anderen Ende der Leitung. Die wusste keinen festen Zeitpunkt zu nennen, an dem ich wieder am Start sein würde. Sie konnte mir nicht mal garantieren, dass es sicher besser würde. Aber das war ja auch überhaupt nicht ihr Job. Dafür gabs ja mich. Und einen Willen, dens ordentlich verbogen, aber nie gebrochen hatte.

Den hast du auch, Daria. Glaub mir das. Wenn du mit der Angst kämpfst, weil du nicht sterben möchtest, dann willst du ganz sicher eines: leben! Ich wünsche mir so sehr, dass du dich nicht fürchtest. Nicht vor meinen Erzählungen und nicht vor dir selbst. Und schon dreimal nicht vor der Angst.

Es dauerte eine ganze Zeit, bis ich wieder ich war. Oder nein, eher noch: eine bessere Version meiner selbst.

Meine Suche nach Besserung hatte aber erst mal eine amtliche Verschlechterung zur Folge. Die Anfangstage in der Klinik waren fast härter als meine letzten Wochen, die ja nun aber hart genug waren, um mich für die Reise hierher zu entscheiden. Ich kam mir ordentlich verarscht vor. Den lieben langen Tag wars mir schwindelig und ein bisschen übel, Panikattacken gaben sich die Klinke in die Hand und ich war total erschöpft, vom Aufstehen bis zum Schlafen. Es brauchte einiges an Überzeugungsarbeit von meinen Therapeutinnen, um mir klarzumachen, dass genau das der Weg zum Erfolg war. Niemand hatte erwartet, dass ich diese Nummer ganz easy abreiße, genau genommen waren alle froh darüber, dass ich erst mal völlig platt war. So eine tiefe, fast festgewachsene Angst reißt man nicht einfach aus dem Körper, wie man ein Pflaster abreißt.

Die Wochen dort brachten aber langsam und stetig Linderung und ich erinnere mich an fast keinen schöneren Erfolg als den Moment, in dem ich zum ersten Mal eine Panikattacke durchstand, ohne nach Hilfe zu rufen und, viel wichtiger noch, ohne zu glauben, dass ich jetzt ganz sicher sterbe. Schon über tausendmal hatte ich all das erlebt und schon über tausendmal war ich mir sicher, dass ich den Löffel abgeben musste. An Panik gewöhnt man sich nicht, die ist immer gleich erstaunlich und polternd laut, wenn sie kommt und sich breitmacht. Aber man gewöhnt sich genauso daran, ihr auch unmissverständlich klarzumachen, dass sie jetzt hier die Bude auseinandernehmen darf, man selber aber trotzdem noch die Herrschaft hat und sie bestenfalls duldet, ihr aber niemals die Kontrolle überlassen wird. Und das durfte ich in meinen Therapietagen lernen.

ES KLINGT MERKWÜRDIG, **ABER EINS MEINER GRÖSSTEN ZIELE WAR ES, DIE ANGST ZUZULASSEN.** OHNE STRAMPELN UND TRETEN DARAUF ZU WARTEN, DASS SIE WIEDER GEHT.

Die kleinen Botenstoffe im Körper ihren Job machen zu lassen – nichts anderes taten sie ja, die kleinen Scheißerchen –

und dann, wenn sie müde waren, mich daran zu erfreuen, dass jetzt mal wieder Ruhe herrschte. Ohne darüber nachzudenken, wann wieder Radau sein könnte. Keine Angst vor der Angst.

Ich hab die Angst dafür, dass sie so ne selten dämliche Kuh sein kann, hier ja eigentlich schon genug gelobt. Sie kann Leben retten, und so weiter.

Aber sie kann halt auch einfach manchmal nicht einschätzen, wann es gut und genug ist. Dann benimmt sie sich eben wie ein ungezogenes, trotziges Kind oder wie ein nasser Hund, der sich überall schüttelt, weil ihm völlig schnurz ist, wies im Haus seines Menschen aussieht. Je mehr man sich daran gewöhnt, umso mehr gewöhnt sich die Angst daran, den Hut aufzuhaben und machen zu können, was sie will und dann will, sie einfach nicht mehr gehen. Das ist schneller passiert, als man denkt, und fühlt sich dann mitunter ziemlich endgültig an, ist es aber so gut wie nie. Weit über 80 Prozent aller Angstkranken – sei es so, dass sie Panikprobleme haben oder Angst vor irgendwas oder allem – kann geholfen werden. Das ist eine riesige Zahl, nimmt mans mal genau. Den Versuch ists immer wert. Ich hab in meinen Jahren mit vielen Betroffenen gesprochen und nicht einem oder einer davon konnte so überhaupt nicht geholfen werden.

Aber egal, wer sich helfen lassen will, der erste Schritt muss immer sein, den ganzen Kladderadatsch erst mal von Nahem zu betrachten und ihn zuzulassen. Klingt so einfach, wenn ichs hier schreibe, von meiner Couch aus, wie ich mich so gesund fühle und das Leben feiere. Es ist aber sauanstrengend und da möchte ich niemandem etwas vormachen.

Aber mal ehrlich: Ist das nicht fast egal?

IST SO EIN LEBEN NICHT JEDE ANSTRENGUNG WERT UND TUN WIR NICHT SONST AUCH IMMER ALLES DAFÜR, DASS ES UNS GUT GEHT?

Bequeme Möbel, warme Kleidung im Winter, luftige im Sommer, leckeres Essen und mindestens drei lebenserleichternde Geräte pro Zimmer? Wieso sollten wir also bei unserer Seele aufhören? Was sollte uns davon abhalten? Stolz oder Scham?

Mut ist nicht das Gegenteil von Angst, liebe Daria. Mut ist toll und irgendwie auch bewundernswert, aber du bist nicht einen Luftzug weniger wert als der mutigste Mensch der Welt. Lass dir das nicht einreden, schon überhaupt nicht von dir selbst.

DAS GEGENTEIL VON ANGST IST **EINE SCHÖNE SEKUNDE.**

Ich hab das alles schon erlebt und deswegen weiß ich, wie mutlos man sich fühlen kann, wenn man sich ständig fürchten muss. Fürchten vor etwas, das streng genommen ja noch nicht mal existiert, zumindest nicht in dieser Minute. Wann immer du auf eine Katastrophe wartest, nimmst du diesem Moment die Möglichkeit, ein wunderschöner Moment zu werden. Vielleicht sogar der schönste Moment deines Lebens. Stell dir das mal vor! Dann müsstest du dich für immer an einen schönen Moment erinnern, der irgendwo tief in der Vergangenheit liegen würde, dabei könnte der nächste schon tausendmal besser werden.

Und hey, nach jedem Moment kommt doch der nächste! Oder nicht?

Daria, wir kennen uns ja kaum. Du mich ein bisschen besser als ich dich, weil du meine Geschichte bis hierher gelesen hast. Noch nicht mal bis zum Ende zwar, aber ein bisschen was weißt du schon. Egal, ob du aus Interesse, Neugier oder weil du betroffen bist, bis hierher gelesen hast, möchte ich dir eins sagen. Ungeachtet, ob du eigentlich Darius oder Heinz oder Ulrike, Chantal oder Gnorm, der Herrscher von Gullenthal, bist, möchte ich dir eins sagen:

Ich habe noch keinen normalen Menschen getroffen. Ich habe keinen Plan, was sich Leute, die sich normale Menschen ausdenken, darunter vorstellen. Ich raffs nicht. Wir sind unglaublich komplexe Wesen, verdrahtet mit Abermilliarden von Nerven, mit hocheffizienten Werkzeugen an Armen und Beinen und einem Hirn, das zumindest versuchen kann, das Universum zu berechnen. Wir sind absolut spitze, wir Menschen, wir machen nur nicht immer das Beste daraus. Wir sind verdammte Wunder, jedes nicht mehr *oder weniger einzigartig als das nächste. Wir können gar nicht alle gleich ticken! Wie soll das denn bitte möglich sein? Es gibt, lass mich kurz nachrechnen, mit meinem Wunderhirn …*

ES GIBT GENAU **NULL GRÜNDE**, DICH WENIGER WERTVOLL ZU FINDEN ALS IRGENDWEN, DEN DU KENNST.

Und genau deswegen gibt es auch keine Gründe, dich für deine Spezialitäten zu schämen. Es werden sicher ein paar von der wirklich wunderbaren Sorte sein. Vielleicht singst du wie ein Vogel, vielleicht denkst du dir die schönsten Geschichten aus. Vielleicht kannst du Menschen erklären, dass sie jetzt gerade nicht so traurig sein müssen, es aber unbedingt dürfen, wenns denn hilft. Vielleicht kannst du Tränen trocknen oder einfach nur mitweinen, damit der oder die Weinende sich nicht so allein, dafür aber verstanden fühlen kann. Oder, oder. Du bist voll von wunderbaren Superfähigkeiten, die dich golden machen.

Vielleicht ist aber auch eine deiner Spezialitäten die Angst. Oder die Traurigkeit oder der Zwang, irgendetwas zu tun, was ein paar andere Menschen echt merkwürdig und vielleicht sogar verrückt finden. Dann ists verständlich, dass du das gerne loswerden würdest, weil es dir keine Ruhe lässt und dich quält. Dann solltest du das versuchen, ohne dir Sorgen darüber zu machen, dass genau dieser Versuch NOCH merkwürdiger wirken könnte. Schäm dich nicht wegen dir, schäm dich nicht deiner selbst. Sei dir sicher, dass wir viele sind. Viel zu viele, als dass dir niemand helfen könnte oder helfen wollte. Genauso wenig, wie Mut das Gegenteil von Angst ist, ist Mut die Fähigkeit, immer stark und effizient und auf sich gestellt zu sein.

MUTIG IST, WER UM HILFE BITTET, WENN ER ODER SIE HILFE BRAUCHT.

Sollte es jemals so weit sein, liebe Daria, machst du das nicht allein. Und das ist gut so.

Eigentlich ist alles gesagt.

Ach, du willst noch das Ende meiner Geschichte hören? Willst wissen, was passiert ist, nachdem ich mich durch die Zeit in der Klinik gerackert hatte, mit allen Höhen und Tiefen?

Herrje. Dazu fehlt mir die Zeit. Ich muss mich jetzt anziehen und eine junge Dame zum Spaziergang ausführen. Es soll Pommes und Eis geben. Das ist ungeheuer wichtig!

Aber na gut. Ich will dich nicht hängen lassen. Ich mag das Ende ja selber so, weils zwischendurch mal Zeiten gab, in denen ichs mir überhaupt nicht vorstellen und deswegen auch nicht daran glauben konnte.

Ich hab keine Angst mehr. Es sei denn, es lohnt sich.

Nicholas.

TAG SECHZEHN

VON

Hannah Witton

VLOGGERIN, INFLUENCERIN, AUTORIN

Tag neun im Krankenhaus. Ich bin schwach und müde. Ich verbringe die meiste Zeit im Liegen und mit geschlossenen Augen, aber schlafen kann ich nur mithilfe einer starken Schlaftablette. Meine Stimme ist ein leises Flüstern, reden kostet mich Kraft, aber zu sagen habe ich ohnehin nichts. Ein scharfer Schmerz schießt durch meinen Unterleib, wie so oft in den letzten Wochen. Mit Mühe öffne ich die Augen, hieve mich hoch, ziehe meine Schlappen an und schlurfe zum Klo. Als ich mich hinsetze, fällt mir ein, dass ich meine Wasserflasche vergessen habe, aber Mum steht schon mit trauriger Miene in der Tür und reicht sie mir. Ich werde eine Weile hier sein, da muss ich aufpassen, dass ich nicht dehydriere.

Während ich wegen des erneuten Aufflammens meiner Colitis ulcerosa – einer Darmerkrankung – im Krankenhaus war, habe ich Stunden, vielleicht sogar Tage auf dieser Toilette verbracht. Das ist ganz schön viel Zeit, in der ich, krank und mit Schmerzen, allein dort gesessen und nachgedacht habe. Über Gesundheit, über das Leben. Über mein Leben. Jeder Toilettengang dauerte bis zu einer Stunde, gelangweilt habe ich mich allerdings nie. Ich war zu krank, um mich zu langweilen. Am Anfang habe ich oft auf den gesprenkelten Boden gestarrt und darin nach Bildern und Geschichten gesucht, wie man das normalerweise mit Wolken macht. Seit Beginn meines Aufenthalts hatte ich keine Wolke mehr zu Gesicht bekommen. Es gab zwar ein Fenster in meinem Zimmer, aber vom Bett aus konnte ich den Himmel nicht sehen. Dafür drang an Samstagen und Sonntagen Baulärm herein. Die Geräusche dröhnten durch meinen Körper. Alles tat mir weh. Außerdem spürte ich jede noch so kleine Erschütterung. Wenn der Medikamentenwagen von den Krankenpfleger*innen über den Flur geschoben wurde und über eine Delle fuhr – ich spürte es. Wenn jemand mein Bett streifte – ich spürte es. Wenn jemand die Tür zuknallte, statt sie vorsichtig zu schließen – oh Mann, und wie ich das spürte!

In den Sprenkeln auf dem Boden erkannte ich Gesichter und Tiere. Ich bin mir sicher, dass ich einmal sogar einen Drachen gesichtet habe. Jeder Besuch brachte neue Entdeckungen. Auch meine Nägel und meine Nase übten eine gewisse Faszination auf mich aus. Ich knibbelte und bohrte, bis von meinen Nägeln und der Haut darum herum nichts mehr übrig war und ich nichts mehr aus meiner Nase befördern konnte. Meine Finger erforschten Orte, an denen kein Finger je zuvor gewesen war. Und dann war da noch dieses Lied, besser gesagt eine Strophe davon, die mein Kopf Tag für Tag in Endlosschleife abspielte. Es macht mir Angst einzugestehen, warum genau dieser Teil und dieser Song mich nicht mehr losließen. Ich hatte bis dahin noch keine Erfahrungen mit psychischen Problemen gemacht. Körperliche Probleme, klar – die Colitis ulcerosa hat man bei mir schon diagnostiziert, als ich sieben war. Krankenhäuser, Nadeln, Medikamente – damit kann ich umgehen. Trotz allem war ich immer ein glücklicher Mensch. Das Lied stammt übrigens von Bo Burnham, einem Comedian, von dem ich seit Jahren Fan bin. Es heißt *#Deep* und, ja, man spricht den

Hashtag aus, ist schließlich #comedy. Folgenden Text spulte ich im Geist immer wieder ab:

If life makes you wish you were dead
Just put on a good movie then promptly put a bullet in your head
Spend forever asleep
'Cause life pales in comparison to living the dream
Hashtag deep

KEINE AHNUNG, OB ICH SUIZIDGEFÄHRDET WAR. MIR DRÄNGTE SICH ZWAR DER GEDANKE AUF, PARACETAMOL ZU HORTEN, ABER ICH MALTE MIR NICHT AUS, SIE ALLE AUF EINMAL ZU SCHLUCKEN. **ICH WOLLTE NUR, DASS DIE SCHMERZEN ENDLICH VORBEI WAREN.**

Ich wollte, dass dieser Krankenhausaufenthalt vorbei war. Ich dachte viel über mein Leben nach, über alles, was ich gemacht hatte. Darüber, was ich erreicht und was ich erlebt hatte, wo ich überall gewesen war, welche Freund*innen ich gefunden hatte und was für ein Mensch ich war. Ich kam zu dem Schluss, dass ich – sollte ich nicht mehr aufwachen – zufrieden war mit meinem bisherigen Leben.

An Tag siebzehn musste ich notoperiert werden und das änderte alles. Als ich wach wurde, hatte ich furchtbare Schmerzen, aber andere Schmerzen. Und ich wollte nicht mehr sterben.

In der Zeit danach musste ich mich erst mal an das Stoma gewöhnen, und nie habe ich den Zusammenhang zwischen meiner physischen und psychischen Gesundheit so gut verstanden wie in dieser Phase. Mein Körper erholte sich von dem Trauma und kam wieder zu Kräften, und so auch mein Geist – allerdings dauerte es Monate, ein Jahr. Ehrlich gesagt weiß ich nicht, wann ich vollständig »geheilt« sein werde, noch bin ich jedenfalls nicht so weit. Psychisch fühle ich mich gut. Ich habe über das gesprochen, was passiert ist, mit Familie und Freund*innen, online und mit anderen Menschen, die Ähnliches durchgemacht haben. Das hat wirklich geholfen. Körperlich fühle ich mich auch gut. Ich hatte mir selbst zum Ziel gesetzt, bis Ende 2018 an einem Fünf-Kilometer-Lauf teilzunehmen, nachdem ich nach der OP quasi erst mal wieder lernen musste, wie man einen Fuß vor den anderen setzt. Und ich habs geschafft! Ich mache immer noch Sport. Das ist nicht nur gut für meinen Körper, sondern auch gut für meine Seele. Wegen des Stomas und der Riesennarbe bleibt mir gar nichts anderes übrig, als mich weniger dafür zu interessieren, wie ich aussehe, und mehr dafür, wie es mir geht. Ich trainiere, um meinen Körper zu stärken und fit zu halten. Um meinen Geist zu stärken und fit zu halten, spreche ich über meine Erfahrungen, gebe ihnen damit den nötigen Raum und teile sie mit anderen, anstatt sie zu verdrängen.

JA, ICH WOLLTE STERBEN. ES FÄLLT MIR (ALS GLÜCKLICHER MENSCH) NICHT LEICHT ZUZUGEBEN, DASS ICH SOLCHE GEDANKEN ÜBERHAUPT HATTE.
HEUTE WILL ICH LEBEN.

WARUM BESCHWER ICH MICH EIGENTLICH?

VON

James Blake

SINGER-SONGWRITER, MUSIKER, MUSIKPRODUZENT

Nichts ist leichter, als sich über *weiße* Männer mit Depressionen lustig zu machen. Ich selbst habe es getan, als *weißer* Hetero-Mann, der depressiv war. Tatsächlich schäme ich mich immer noch dafür, ein *weißer* Hetero-Mann mit Depressionen und Suizidgedanken gewesen zu sein. Und in Gesprächen mit den meisten Menschen spiele ich immer noch herunter, wie abgrundtief traurig ich gewesen bin. Stattdessen betone ich, wie viel besser ich mich jetzt fühle. Ich betone, was für ein schwieriger Weg es bis hierher war, wie hart ich an mir arbeiten musste und wie stark ich dadurch geworden bin. Normalerweise lenke ich den Fokus darauf, wie ich die Kontrolle über mein Leben und die Freude daran wiedergewonnen habe (»Gut gemacht, Kumpel!«) – nicht darauf, wie sie mir abhandengekommen war. Das ist mein letzter Schutzwall.

Ich erinnere mich an ein Interview mit der *New York Times*, bei dem der Journalist gefragt hat, warum meine Kindheit so schwer war und wieso ich in meinen späten Zwanzigern in ein derart tiefes, dunkles Loch gefallen bin. »Sie wissen schon, andere Kinder, Mobbing und so«, sagte ich und bedauerte sogleich meine knappe Antwort. Er erwiderte etwas wie: »Verstehe, also eine ziemlich normale Kindheit.«

Fuck. Nach all den öffentlichen Diskussionen über Depressionen und Angststörungen, nach den vielen Alben, in denen ich meinen Schmerz ausgedrückt habe, kam ich mir vor wie ein Betrüger. Und dennoch war ich erleichtert, dass ich nicht alle Karten aufgedeckt und offenbart hatte, wie erbärmlich und schwach ich damals gewesen sein muss. Vielleicht hatte er recht. Er hatte wahrscheinlich schon Schlimmeres durchgemacht und beschwerte sich nicht.

Meine Eltern haben mich stets unterstützt, waren sehr liebevoll und, ungewöhnlich für meine Generation, noch immer zusammen. Zwischen mir und meinen Mitschüler*innen kam es allerdings immer mehr zu Konflikten: Ich war schlichtweg nicht gewappnet gegen die Kinder in der Schule, die ihre zerrütteten und teilweise von Missbrauch gezeichneten Lebensumstände an mir ausließen. Inzwischen ist mir das bewusst. Ich war »zu sensibel« und habe nie gelernt, wie ich damit umgehen sollte. Ich war ein Baby, das man vor Keimen abgeschirmt hatte, und nun wurde ich von allem und jedem krank.

(Ich sollte an der Stelle anmerken, dass ich viele glückliche Erinnerungen an meine Kindheit habe, besonders an meine Eltern und bestimmte Freund*innen, auf die ich zählen konnte. Leider konnte ich all das Positive nicht sehen, was es nur noch schlimmer gemacht hat.)

Während der Schulzeit verbrachte ich Hunderte Stunden damit, allein mit Kopfhörern umherzuspazieren oder in den Musikräumen Klavier zu spielen – wobei ich mich oft in erster Linie ungestört ausweinen wollte und mir nur gelegentlich der Gedanke kam, zu spielen. Seit meinem zwölften Lebensjahr war ich süchtig nach Videospielen und traf mich nur selten mit Leuten. Im Laufe der Jahre hatte ich ein paar »beste« Freund*innen, die ich rückblickend allerdings gar nicht besonders gut kannte. Trotzdem bin ich dankbar, dass ich sie hatte.

Mädchen habe ich angehimmelt, blieb aber immer nur ihr guter Freund. Oft habe ich mich verliebt, nie wurde es erwidert. Natürlich waren sie mir nichts schuldig, doch sie machten mir über Jahre hinweg Hoffnungen und ließen gleichzeitig zu, dass ihre Freund*innen mich demütigten und schikanierten. Ohne bösen Willen verrieten sie mich durch ihre Unbeholfenheit. Ich konnte es verstehen. Trotzdem nahm ich es ihnen übel, dass sie als Jugendliche nicht wussten, was sie mit einem sensiblen Jungen anfangen sollten, der sie zwar zum Lachen brachte und ihnen ein gutes Gefühl gab, dessen Körper sie aber nicht wollten.

Die Jungs dagegen betrachteten meine Empfindsamkeit als Schwäche. Obwohl ich scharfsinnig und schlagfertig reagieren konnte, war ich nicht sportlich, was in ihren Augen wohl schon der erste Fehler war. Und wieder hatte ich keine Ahnung, wie ich damit umgehen sollte. Jahrelang fragte ich mich, ob ich an einer Verhaltensstörung litt. Das frage ich mich bis heute. So oder so war ich Jahr für Jahr Schikanen und Demütigungen ausgesetzt.

Dass ich mich verraten, verfolgt und abgewiesen fühlte, behielt ich für mich. Gemessen an den kruden Geschlechterstereotypen, die mir damals bekannt waren, besaß ich die Feinfühligkeit einer Frau, doch den Körper eines Mannes. Ich schlug mich mit Humor durch und achtete darauf, dass mich niemand beim Weinen erwischte. Bis zu meinem zweiundzwanzigsten Lebensjahr blieb ich Jungfrau, weil ich in der Gegenwart von Frauen unbeholfen und verkrampft war. Nach so vielen peinlichen Versuchen hatte ich Angst davor, mich beim Sex im wortwörtlichen und im übertragenen Sinne zu entblößen. (Der Song »Assume Form« handelt zum Teil von der Suche nach Sicherheit in intimen Momenten.) Mein Erfolg als DJ bescherte mir eine ganz neue Aufmerksamkeit von Frauen. Doch ich misstraute ihrem plötzlichen, durchschaubaren Interesse, und so ließ ich keine an mich heran. Mit der Zeit verschmolzen die Gesichter aller Frauen mit denen jener Mädchen, die mich vermeintlich verraten und gedemütigt hatten. Und jedes Männergesicht wurde zu dem eines Schlägertyps, der mich für einen Loser hielt und in die Knie zwingen wollte.

Sobald ich einigermaßen berühmt war, verwandelte sich mein Verfolgungswahn in einen selbstwertdienlichen Narzissmus. Ich profitierte finanziell von meiner Besessenheit, den Leuten, die mir nichts zutrauten, das Gegenteil zu beweisen. Musik wurde zum Ventil meiner Gefühle. Ich wollte allen zeigen, was sie die ganze Zeit über verpasst hatten.

Bis zu einem gewissen Grad gelang mir das sogar. Doch ich isolierte mich und wurde dermaßen selbstbesessen, dass mein Leben bei Weitem nicht so strahlend war, wie es von außen schien. Dadurch wuchs die Kluft in mir. Auf der einen Seite stand der Top-Newcomer und Chartstürmer mit der ebenso steilen wie florierenden Karriere und hatte scheinbar alles unter Kontrolle. Und auf der anderen war dieser unreife Typ, der viele Jahre gelitten hatte und am Durchdrehen war, nie das Haus verließ, in einem Ego-Gefängnis verkümmerte, keine Hilfe annahm und sich von seinen Freund*innen und deren Familien ausnutzen und finanziell ausbeuten ließ. Ich spielte vierzehn Stunden am Tag Videospiele, rauchte Gras und kümmerte mich null um mich selbst. Doch dann kam die Depression, ich bekam täglich Panikattacken, hatte Halluzinationen und eine Existenzkrise. Ich fragte mich: »Wozu bin ich überhaupt hier?«, und wollte am liebsten sterben. Ich bekam Angst vor dem sich ausbreitenden Nebel des Krieges vor meinem Haus, weil mir klar war, was die Leute da draußen von mir erwarteten: ein normales Sozialverhalten und, für mich absolut undenkbar, ein neues Album.

Ich wollte ihnen begreiflich machen, wie ich mich fühlte, aber mir fehlten die Worte, es ihnen zu vermitteln.

All diese Details erzähle ich nicht, damit mich jemand bemitleidet. Ich tue das, weil ich zeigen will, wie ein privilegierter *weißer* Mann, der halbwegs reich und berühmt ist, depressiv werden konnte – entgegen allen gesellschaftlichen Erwartungen und Konventionen.

WENN ICH ALL DAS ZU PAPIER BRINGEN KANN, DANN IST ES OFFENSICHTLICH NICHT NUR UNTERDRÜCKUNG, DURCH ANDERE DIE DEPRESSIONEN VERURSACHT; **BEI MIR WAR ES GRÖSSTENTEILS VERDRÄNGUNG.**

Ich bin mir immer noch nicht ganz sicher, ob ich überhaupt das Recht habe, depressiv oder traurig zu sein, denn ich bin ein *weißer* Cis-Mann und das Leben ist für mich von allen Gruppen zweifellos am leichtesten. Aber mein Privileg hat mir nicht dabei geholfen durchzuhalten, und ich schäme mich sogar umso mehr dafür, dass ich mich so aufgegeben habe.

Schließlich platzte meine ignorante Blase des Weißseins. (Die »Psychose« des Weißseins, wie Kehinde Andrews es ausdrückt. Die meisten *Weißen* stecken noch mittendrin. Ich konnte nun weiterhin die Vorteile davon genießen, *weiß*, hetero und männlich zu sein, ohne jedoch unterbewusst meine Verantwortung gegenüber den Marginalisierten noch länger zu ignorieren.) Allmählich dämmerte mir, dass meine Probleme vergleichsweise winzig waren – dass jede Person of Color oder jedes Mitglied der LGBTQ+-Community möglicherweise genau das Gleiche durchgemacht haben könnte, allerdings viel, viel schlimmer. Es kam so viel zusammen, irgendwann konnte ich es kaum noch ertragen. Und mit der Zeit schämte ich mich dafür, die Traumata und die Traurigkeit meiner Kindheit überhaupt noch zu erwähnen.

In Kombination mit dem Image männlicher Musiker, die gefühlvolle Songs schreiben, kam ich mir vor wie Prinz Emo auf der Erbse.

Meine Freundin hat mir jedoch verbal etwas Vernunft eingeprügelt. Sie hat mir klargemacht, dass es niemandem hilft, Leid gegeneinander aufzuwiegen, schon gar nicht einem selbst. Und es tat gut, diesen Rat von ihr zu hören, bei allem, was sie selbst durchgemacht hatte. Ich mag mir kaum vorstellen, wie frustrierend das für sie war: eine Pakistani, die mir – mit all meinen Privilegien im Leben – dabei zusehen musste, wie ich mich selbst sabotierte und mich beschwerte. Fuck.

Doch dann wirft man einen Blick auf die Statistik: Laut der Yale Global Health Review lag im Jahr 2015 die unbereinigte Suizidrate in den USA für *weiße*, nichthispanische Männer im Alter von 40 bis 65 Jahren bei 36,84 pro 100 000 Menschen – mehr als doppelt so hoch wie in der amerikanischen Bevölkerung insgesamt.[9] Als wären wir nicht ohnehin schon überdurchschnittlich repräsentiert, liegen wir auch noch in den Suizidstatistiken ganz vorn.

Wir sollten uns fragen, warum so viele privilegierte *weiße* Männer das Gefühl haben, sie hätten keinen berechtigten Anspruch auf Schmerz. Und sich dann wiederum nie damit auseinandersetzen, worauf sie keinen Anspruch haben (oder zu haben meinen).

Selbst während ich dies schreibe, beschleicht mich der Gedanke: »Wen kümmert das schon? Es gibt wesentlich größere Probleme auf dieser Welt als traurige *weiße* Männer.« (Das ist ein verdammt lächerliches Thema für deinen ersten Essay – reiß dich zusammen, du Arsch, und hör auf mit diesem Mimimi.) Aber weißt du, was? Ich werde fortfahren,

---

9 White Male Suicide: The Exception to Privelege – yaleglobalhealthreview.com/2017/05/14/white-male-suicide-the-exception-to-privelege (14. Mai 2017).

weil ich davon überzeugt bin, dass wir den Diskurs über psychische Gesundheit für alle voranbringen müssen. Außerdem ist es die einzige Erfahrung, über die zu sprechen ich mich qualifiziert fühle.

Von klein auf wird uns die systembedingte, toxische Männlichkeit (»Männer weinen nicht«) und eine offen homophobe Angst vor Sensibilität eingetrichtert (manchmal buchstäblich mit dem Trichter, Stichwort: Bierbong) – von Familie, Freund*innen und den Medien. Das in Kombination mit der Erkenntnis, die uns beim Älterwerden irgendwann ereilt, in dieser Welt tatsächlich im Vorteil zu sein, sind wir schließlich davon überzeugt, dass unser individueller psychischer Verfall beschämend ist.

Ich glaube, es ist aus psychologischer Sicht gefährlich, dass unsere Egos dermaßen aufgebauscht werden; dass Erfolg so eine große Bedeutung hat; dass die Welt uns ihre Türen weiter öffnet als anderen (die meisten von uns leugnen diese Vorteile absichtlich – dabei wissen wir unbewusst und spüren tief im Inneren, wie unfair das ist und dass wir damit lieber etwas Sinnvolles anstellen sollten).

ES IST GEFÄHRLICH, WENN UNS DAS GEFÜHL VERMITTELT WIRD, DASS WIR ALLES TUN UND ALLES SEIN KÖNNEN;

WENN WIR FRAUEN ALS RESSOURCE BEGREIFEN UND NICHT ALS CHANCE, MEHR EMPATHIE UND LIEBE ZU ENTWICKELN – UM DANN IN ALL UNSEREM KAPITALISTISCHEN UND EGOISTISCHEN EIFER FESTZUSTELLEN, **DASS WIR DIE EINE SACHE VERNACHLÄSSIGT HABEN,** DIE UNS DAS ÜBERLEBEN ERMÖGLICHT: **DEN VERSTAND.**

Ich für meinen Teil habe mich in dieser Hinsicht wie Donald Trump gefühlt: angefangen mit 413 Millionen Dollar war er irgendwann pleite und hat Lügen über seine Steuerunterlagen verbreitet. Daher braucht man sich vielleicht gar nicht so sehr zu wundern, warum sich so viele unzufriedene *weiße* Männer mit ihm identifizieren. (Ich möchte an dieser Stelle betonen, dass ich das absolut nicht tue.) Davon abgesehen verbindet mich mit ihm nur die Leidenschaft, alles zu tun und zu sagen, was ich will – ohne Rücksicht auf Verluste.

Diese gemeinsame Leidenschaft hat mit Recht zu einer Debatte darüber geführt, was *weiße* Männer eigentlich sagen und tun dürfen. Ich glaube, uns steht nicht mehr zu als allen anderen, was jede Menge Zuhören und Umdenken erfordert. Ich glaube auch, dass jeder Mensch ein Recht darauf hat, seinem Leid Ausdruck zu verleihen, egal wie spürbar oder relativ klein dieses Leid auch ist. Ich möchte nicht, dass die Scham über Depressionen und Ängste bei privilegierten Menschen noch weiter zunimmt, genauso wenig wie bei Marginalisierten. Denn wenn wir diesen Schmerz nicht ansprechen, haben wir am Ende noch mehr cis-männliche *weiße* Egomanen, die ihren Scheiß bei allen anderen abladen (manche von ihnen in Form von Musikalben).

ES IST OKAY, SICH HELFEN ZU LASSEN

WIE KANN ICH HELFEN?

VON

Scarlett Curtis

JOURNALISTIN, AKTIVISTIN

Jemandem zu helfen, der oder die gerade eine psychische Krise durchlebt, gehört zu den schwierigsten Aufgaben überhaupt. Es ist in etwa so, als würdest du mit einer Haarbürste statt einer Knarre ein Duell austragen. Wenn das Gehirn eines Menschen implodiert und sein Himmel sich verdüstert, ist es sehr schwer, die richtigen Worte zu finden. Solltest du mal versucht haben, jemandem beizustehen, und es ist dir absolut nicht gelungen, die Person zu trösten, dann so viel vorweg: Du bist nicht allein.

Im Angesicht einer Krise ist unser erster Impuls, zu helfen, Dinge in Ordnung zu bringen oder nach Erklärungen zu suchen. Das sind im Grunde ganz harmlose Lösungsansätze, aber wenn das Problem an sich keinen Sinn ergibt, ergibt auch die Lösung keinen Sinn. Manchmal kannst du einfach nicht helfen. Manchmal macht es alles nur schlimmer, wenn du dich bemühst, das Gehirn einer anderen Person »in Ordnung zu bringen«. Manchmal hat die Suche nach Erklärungen zur Folge, dass die Betroffenen sich noch einsamer und »verrückter« vorkommen. Es ist schwer, das Richtige zu sagen. Oft gibt es »das Richtige« gar nicht.

Auch wenn du also vielleicht nie die richtigen Worte finden wirst, um jemandem aus einer dunklen Phase zu helfen, sind hier ein paar Beispielsätze, die du lieber nicht sagen solltest. Und was du stattdessen probieren könntest.

WAS LEUTE SAGEN: Mal ehrlich, Süße, manche Menschen haben weder ein Dach über dem Kopf noch genug zu essen. Andere haben Krebs. Und es gibt da draußen Typen, denen hat es die Beine weggefetzt, weil sie unter einen Traktor geraten sind! Die haben wirklich allen Grund dazu, depressiv zu sein. Du musst einfach mal die Perspektive wechseln. Dein Leben ist toll!

WAS ICH GERN DARAUF ANTWORTEN WÜRDE: Meinst du echt, ich wüsste das nicht? Kannst du dir nicht denken, dass ich nachts wach liege und mich selbst HASSE, weil ich todunglücklich bin, obwohl mein Leben toll ist? Dass ich ein schlechtes Gewissen habe, weil ich mich eigentlich glücklich schätzen kann, privilegiert bin, mir alles zur Verfügung steht, was ich brauche – und mich trotzdem fühle, als wäre meine Welt komplett aus den Fugen geraten und ich würde ins *Upside Down* gesogen? Deine Worte sind eine Bestätigung meiner dunkelsten Gedanken: Ich bin eine verwöhnte Bratze und kann all die großartigen Dinge in meinem Leben einfach nicht wertschätzen; ich muss immer das Haar in der Suppe finden. Ich weiß, du versuchst zu helfen. Aber Schmerz ist nicht relativ. Schmerz ist Schmerz. Und solange ein Mensch Schmerzen hat, ist alles andere nebensächlich. Es wäre schön zu hören, dass du nachvollziehen kannst, wie schlimm meine Situation ist. Auch wenn du sie nicht wirklich verstehst. Es wäre auch schön zu hören, dass du für mich da bist. Stattdessen mache ich mir jetzt Sorgen um die Typen mit dem Traktorunfall. Danke dafür.

WAS LEUTE SAGEN: Wir müssen einfach mal wieder zusammen feiern gehen. Na los, wir betrinken uns und stürmen die Tanzfläche! Das bringt dich auf andere Gedanken!

WAS ICH GERN DARAUF ANTWORTEN WÜRDE: Mir ist klar, du meinst es nur gut mit mir und willst, dass ich mich besser fühle. Aber die Vorstellung, in einen Club zu gehen, Alkohol zu trinken und zu tanzen, erscheint mir gerade wie meine persönliche, schweißtriefende Version der Hölle ... in der Elektro läuft. Außerdem klingt es nach den perfekten Zutaten für eine Panikattacke. Manchmal fühlen sich Dinge, die Menschen ohne Angststörung guttun, für Leute mit Angststörung so an, als würde man sie zwingen, nackt in einem Raum voller Fremder Cha-Cha-Cha zu tanzen. Ich bleibe im Moment am besten zu Hause, gucke vielleicht einen Film, spiele irgendein Handyspiel, weine ein bisschen und gehe früh ins Bett. Ich hoffe, du hast Spaß auf der Party des Jahrhunderts.

WAS LEUTE SAGEN: Es hört sich eigentlich gar nicht so schlimm an ...
WAS ICH GERN DARAUF ANTWORTEN WÜRDE: Ach ja? Dann verrate ich dir mal was: ZUFÄLLIG IST ES DAS ABER! Und jetzt verschwinde bitte.

WAS LEUTE SAGEN: Du bist wahrscheinlich gar nicht depressiv, sondern einfach müde und hungrig. Iss ein bisschen was, schlaf dich mal ordentlich aus, und danach geht es dir besser, versprochen!
WAS ICH GERN DARAUF ANTWORTEN WÜRDE: Du hast recht. Ziemlich sicher bin ich wirklich müde und habe Hunger. Die Depression sorgt nämlich dafür, dass ich gar keinen

Drang verspüre, mich um mich selbst zu kümmern. Denn ich habe das Gefühl, ich wäre es nicht wert, dass man sich um mich kümmert. Danke für deinen Rat. Allerdings ist er wie ein Schlag ins Gesicht – mit einem Schlagring. Mich dir zu öffnen und dir zu erzählen, wie es mir geht, war ein großer Schritt, vor dem ich wahnsinnige Angst hatte. Ich weiß, du meinst es nur gut. Doch du gibst mir das Gefühl, ich würde Probleme sehen, wo keine sind. Es wäre schön, wenn du mir zuhören könntest, wenn du mir versichern könntest, dass mein Schmerz echt ist. Ein Snack wäre trotzdem super. Magst du mir vielleicht einen Marmeladentoast schmieren?

WAS LEUTE SAGEN: Meine Cousine hatte ja auch eine Angststörung, und damit ist sie zu dieser Frau gegangen, die hat ihr so einen Zaubertrank verabreicht. Danach waren all ihre Probleme wie weggeblasen.

WAS ICH GERN DARAUF ANTWORTEN WÜRDE: Wow, freut mich total für deine Cousine, dass ihre Angststörung durch einen Zaubertrank geheilt wurde. Aber mal im Ernst, es ist ziemlich ungesund und sogar gefährlich, jemandem mit einer schweren psychischen Erkrankung solche alternativen Behandlungsformen vorzuschlagen. Versteh mich nicht falsch, ich finde es grundsätzlich toll, dass es alternative Möglichkeiten gibt. Und bestimmt helfen sie auch vielen Menschen. Aber ich möchte mich nicht auf die Idee versteifen, dass mich irgendetwas rettet, und dabei herkömmliche Arten der Behandlung wie Therapie oder Medikamente außer Acht lassen. Trotzdem danke für den Tipp!

WAS LEUTE SAGEN: Du drehst gerade total durch und führst dich auf wie eine richtige Dramaqueen.
WAS ICH GERN DARAUF ANTWORTEN WÜRDE: ACH JA? TUE ICH DAS? (Okay, tief durchatmen.) Allen, die an einer psychischen Erkrankung leiden, wird vermutlich häufig vorgehalten, sie würden dramatisieren und/oder sich verrückt benehmen. So oft, dass sie es irgendwann selbst glauben. Wenn eine Person weint, weil man ihr gerade ein Messer in den Arm gerammt hat, würdest du ihr höchstwahrscheinlich nicht erzählen, dass sie sich wie eine Dramaqueen aufführst. Bitte tu das genauso wenig, wenn ich eine Panikattacke habe oder unkontrolliert schluchze. Bitte gesteh mir meine Gefühle zu.

WAS LEUTE SAGEN: Was jagt dir denn eigentlich so große Angst ein, was macht dich so traurig?
WAS ICH GERN DARAUF ANTWORTEN WÜRDE: Nichts. Und genau das ist das Problem. Es ist nichts passiert, und trotzdem fühle ich mich, als ginge die Welt unter. Ich habe jede einzelne Sekunde Angst, ich verspüre eine unbeschreibliche Traurigkeit. Und dabei gibt es in meinem Leben keinen Grund, weshalb ich so traurig sein müsste. Manchmal sind Menschen wegen nichts und wieder nichts traurig oder haben Angst. Das nennt man psychische Erkrankung. Ich hoffe, du kannst das verstehen.

WAS LEUTE SAGEN: Ich liebe dich und ich will all deine Probleme für dich lösen.

WAS ICH GERN DARAUF ANTWORTEN WÜRDE: Leider kannst du das nicht. Auch du bist nur ein Mensch, und du kannst mich nicht heilen oder alles in Ordnung bringen. Das ist auch gar nicht deine Aufgabe. Du kannst mich unterstützen und für mich da sein, aber das hier ist meine Schlacht, und niemand kann sie an meiner Stelle für mich schlagen. Wenn es einem psychisch gerade schlecht geht, erscheint der Gedanke sehr verführerisch, dass ein*e Partner*in, ein*e Freund*in oder ein Elternteil einen retten kann. Doch in Wahrheit kann das nur ich selbst. Ich brauche Zeit, um die Dinge zu tun, die gut für mich sind. Du bist ein wahnsinnig toller Mensch, aber du bist nicht für mein Hirn und mein Leben verantwortlich. Wenn du mir sagst, du könntest meine Probleme für mich lösen, dann bringst du mich dazu, dass ich dir glaube. Dadurch schaffst du eine Co-Abhängigkeit, und das ist das Letzte, was ich jetzt gebrauchen kann. Schmier mir Toastbrote, halt meine Hand, aber bitte, bitte, gaukle mir nicht vor, du wärst die Antwort auf meine Probleme. Denn das bist du nicht.

WAS DU STATTDESSEN SAGEN KÖNNTEST:

- Es tut mir leid, mein Schatz, das klingt wirklich schrecklich.
- Ich komme vorbei, in zehn Minuten bin ich da.
- Du machst gerade eine sehr schwere Zeit durch. Hör auf, dich so fertigzumachen, und sei gut zu dir.
- Heul dich ruhig an meiner Schulter aus (das Oberteil mochte ich eh nie so richtig).

- Ja, dein Make-up ist verlaufen und jetzt überall auf Gesicht und Hals verteilt, aber du bist trotzdem schön!
- Es ist total okay, Termine abzusagen. Wenn du dir das Bein gebrochen hättest, würde auch niemand von dir erwarten, dass du zur Arbeit/auf eine Party/zu einer Verabredung gehst. Du musst dir das so vorstellen: Du hast ein gebrochenes Bein im Kopf, und es muss in Ruhe heilen.
- Deine Gefühle sind alle vollkommen berechtigt.
- Das ist echt. Du denkst dir das nicht aus.
- Du leidest und von allein kannst du nicht gesund werden. Das ist wie bei jeder anderen Krankheit auch. Du brauchst Hilfe, und dann wird es besser.
- Wir können einfach ein bisschen schweigen.
- Sollen wir fernsehen?
- Hier, nimm meine Hand, atme tief durch. Zusammen schaffen wir das.
- Ich weiß, du kommst dir schwach vor. Aber du bist verdammt stark. Du schlägst eine unsichtbare Schlacht. Und allein die Tatsache, dass du gerade hier sitzt, ist eine der größten Errungenschaften aller Zeiten.

ICH BIN FÜR DICH DA.

ICH HAB DICH LIEB.

DU KANNST NICHTS DAFÜR.

REIN GAR NICHTS.

ES BRAUCHT ZEIT, ABER ES WIRD BESSER.

MELD DICH MAL!

VON

Angelina Boerger und Marlon Schulte

PRESENTER BEI MÄDELSABENDE

Montag – 18:13 Uhr

Hey mein Schatz! 🙂 Wow, was ein Tag – so viel Arbeit und so viele Dinge zu erledigen.
Wie gehts dir? Wie war dein Tag?

Dienstag – 13:11 Uhr

Hast du auch so viel zu tun? Meld dich mal! ☺

Mittwoch – 09:52 Uhr

Angelina?

Mittwoch – 20:30 Uhr

Huhu, Marlon! Boah sorry, dass ich mich nicht gemeldet habe ☹ ich hatte echt viel um die Ohren.

Aber jetzt bin ich am Start! 🙂👋 Wie geht es dir? Sollen wir nächsten Freitag was starten?

Hab total Bock auf Sushi selber machen 🍣 und ganz viel quatschen. Hab viel zu erzählen 😊

Mittwoch – 20:35 Uhr

Kein Problem! Was ist denn los?

Und Sushi klingt super! Passt dir Freitag? ☺

Mittwoch – 20:37 Uhr

Ach, irgendwie waren wieder so viele Aufgaben und Dinge zu erledigen, aber jetzt habe ich Zeit ☺ Freitag klingt super!

Mittwoch – 20:48 Uhr

Verstehe dich total, mir gehts grad auch so. Wir können gerne in Ruhe am Freitag sprechen. Ich freue mich! 😍

Freitag – 10:26 Uhr

Hej! Sag mal, wann soll ich denn heute vorbeikommen? ☺

14:02 Uhr

Angelina?

14:52 Uhr

Steht unser Treffen noch?!

16:43 Uhr

Hallo? Alles okay?

19:00 Uhr

Hm, schade, dass du dich nicht gemeldet hast. 😐 Ich habe mich dann jetzt anders verplant. Meld dich trotzdem bitte mal, damit ich weiß, ob alles okay ist.

Samstag – 02:19 Uhr

Hallo Marlon ♥
Es tut mir sehr leid, dass ich mich nicht mehr gemeldet hab. Irgendwie war dann doch so viel Stress die Woche über und ich habe mich auch noch mit meiner Mutter gezofft und dann habe ich gar nicht mehr auf mein Handy geguckt … ☹ bitte sei nicht sauer …

Samstag – 10:06 Uhr

Du hättest doch wenigstens kurz Bescheid sagen können? Ich habe mir total Sorgen gemacht. ☹

Samstag – 10:51 Uhr

Ich weiß … war nicht cool von mir. Aber irgendwie hatte ich auf gar nichts Lust. Es hatte nichts mit dir zu tun … ich wollte einfach nur noch unter die Decke und gar nichts machen. ☹

11:03 Uhr

Wieso denn? Ist etwas passiert? Kann ich dir irgendwie helfen? Willst du reden?

18:31 Uhr

Ich würde dir echt gern helfen! Wollen wir vielleicht telefonieren?

18:44 Uhr

Oder willst du lieber deine Ruhe? ♥

19:04 Uhr

Lieb, dass du fragst … ♥ ich habe immer Angst, dass die Menschen nicht verstehen, was los ist, und sich gar nicht wirklich dafür interessieren, wie es mir geht.

19:06 Uhr

In letzter Zeit ist mir einfach alles zu viel … und ich ziehe mich zurück und dann merke ich, dass die anderen sich auch zurückziehen. Dabei bräuchte ich genau dann jemanden, der/die mir zuhört oder einfach nur da ist. Verstehst du, was ich meine?

19:07 Uhr

Danke, dass du das so offen mit mir teilst. Und ich habe die ganze Zeit gedacht, dass ich etwas falsch gemacht habe.

19:09 Uhr

Und ja, ich glaube, ich verstehe, wie du das meinst. Ich würde dir da echt gerne helfen und ich interessiere mich WIRKLICH dafür, wie es dir geht. Auch und besonders, wenn es dir nicht gut geht. Echte Freunde sind doch nicht nur in den guten Zeiten, sondern auch in schlechten Zeiten füreinander da! ♥

19:11 Uhr

Ich habe immer ein offenes Ohr für dich und kann auch gern einfach nur zuhören, wenn du das brauchst. Was würde dir gerade helfen?

19:14 Uhr

Danke 🙂 Es tut so gut, das endlich mal laut auszusprechen. Ich habe manchmal das Gefühl, es reicht nicht immer aus, nur den engsten Freund*innen davon zu erzählen. Irgendwie würde ich gerne noch mit jemand anderem darüber reden, aber ich möchte erst mal nicht zu meiner Familie damit … hast du eine Idee? ☹💕

19:20 Uhr

Das kann ich total verstehen. Ich unterstütze dich, wo ich kann, und deine Eltern lassen wir da erst mal raus, wenn du das willst. 👉 Vielleicht ist ein Therapeut oder eine Therapeutin ja eine gute Anlaufstelle?

Für mich ist das auch neu und ich werde dir bestimmt viele Fragen stellen, um alles richtig zu machen und zu verstehen, wie es dir geht. Wenn du über etwas nicht sprechen willst, sag mir das immer ganz offen. 🖤

19:30 Uhr

Wollen wir mal gemeinsam bei deiner Krankenkasse anrufen? Oder mit deiner Hausärztin sprechen?

19:31 Uhr

Wenn du das willst, begleite ich dich auch gerne zu einem Termin. ☺

19:35 Uhr

Das wäre wirklich toll! Ich habe nämlich ein bisschen Bammel davor 🙈 und ich glaube, wenn jemand dabei ist, den ich kenne, wird es mir schon viel leichter fallen, mich zu öffnen 💜

19:37 Uhr

Ich hab dich lieb! 😮

19:41 Uhr

Ich hab dich auch lieb! Dass du mir das anvertraut hast, zeigt mir noch mal mehr, wie wertvoll unsere Freundschaft ist. 🖤

19:48 Uhr

Vielen Dank für deine Unterstützung und dein Verständnis! Ich bin ganz schön erleichtert. Irgendwie dachte ich immer, ich muss da alleine durch. 🤷‍♀️ Tut mir total gut, mit dir darüber zu sprechen.

20:00 Uhr

Danke 💜💜💜

HALLÖCHEN, MEINE LIEBEN!

VON

Miranda Hart

SCHAUSPIELERIN, AUTORIN, COMEDIAN

Hallo, du!

Folgendes: Ich bin sauer! Nicht auf die britische Art, wenn man sich im Kino am liebsten zu der Person umdrehen würde, die gegen die Rückenlehne tritt, und man stattdessen nur genervt mit der Zunge schnalzt und sich mit olympiareifer Geschwindigkeit Popcorn in den Mund stopft. Auch nicht so wie bei diesen spontanen Ausbrüchen am Frühstückstisch, wenn man sich ein »Ach, Marjorie, halt doch einfach mal DIE KLAPPE!« nicht länger verkneifen kann. (So was beobachte ich besonders gern!) Nein, es ist eher ein energiegeladenes Sauersein, entstanden durch eine Mischung aus Mitgefühl und Frust, weil ich Menschen helfen möchte. Weil ich DIR helfen möchte. Dir als Leser*in. Hi. Ich kenne dich. Ich mag dich. Grüß dich!

Zur Erklärung: Ich werde sauer, wenn Leute sagen, du wärst »krank«. Ich werde sauer, wenn Leute sagen, du wärst nur eine Zahl in einer Statistik. Ich werde sauer, wenn Leute sagen, du könntest höchstens lernen, deine Angststörung in den Griff zu bekommen, sie aber nie richtig überwinden. Ich werde sauer, wenn du denkst, du hättest Freiheit und Abenteuer nicht verdient in deinem Leben. Ich werde sauer, weil du mir nicht egal bist. Und ich werde vor allem deswegen sauer, weil ich fest daran glaube, dass du dein Leid nicht hinnehmen musst. Es gibt Hoffnung. Vertrau mir. Ich weiß es. Ich weiß es, weil ich jahrelang sämtliche Therapieansätze gründlich recherchiert habe, von neurowissenschaftlichen bis hin zu spirituellen, auf der Suche nach Universalantworten. Nach Patentrezepten für ganzheitliches Wohlbefinden. (Und die existieren! Rezepte, die deinen Schmerz lindern und weniger kompliziert und geheimnisvoll sind, als du vielleicht denkst.) Ich musste tief in dieses Thema eintauchen, weil ich in sehr schlechter Verfassung war. In vielerlei Hinsicht. (Schmeiß schon mal den Wasserkocher an, dann komm ich auf einen Tee vorbei und erzähl dir meine Geschichte – aber das ist vermutlich etwas umständlich. Wahrscheinlich ist es am einfachsten, wenn ich weiter an meinem Buch und der Videoreihe schreibe.) Als ich schließlich die Rezepte, die Antworten, fand – o Mann, was für eine Befreiung!

Ich habe dir so viel zu sagen. Aber hier in diesem wunderbaren Buch teile ich erst einmal nur ein paar Häppchen meiner Weisheit mit dir. Weisheiten, die mir im Kopf herumspuken. Weisheiten, die ich meinem jüngeren Ich gern mitgegeben hätte. Weisheiten, die dir hoffentlich in deiner aktuellen Lebenslage helfen. Momentchen mal ... wie ironisch, vielleicht sogar schicksalhaft, ganz sicher aber schmerzlich ist es bitte, dass ich diese Worte in einem kleinen Cottage schreibe – direkt gegenüber von Virginia Woolfs altem Domizil in Rodmell, Sussex? Ich halte inne und betrachte das Haus, in dem sie, damals noch quicklebendig, aus den gleichen Fenstern hinausschaute, in die ich nun hineinschaue. Schweigend male ich mir aus, wie sie jeden Tag, an dem es ihr möglich war, den kurzen Weg zu ihrem Schreibschuppen entlangspazierte. Ich atme tief durch. Ich kann ihren Schmerz spüren. Er liegt in der Luft. Es ist, als würde uns nichts voneinander trennen. Als gehörten wir alle zu einem großen Ganzen. Wir alle leiden. Ich kann nachempfinden, wie gefangen sie sich in ihrer Situation gefühlt haben muss, welche Qualen die Depression ihr bereitet hat, wie schwer die Gedanken ihres so außergewöhnlichen Verstandes auf ihr lasteten. Ich hoffe, sie wäre stolz auf dieses Buch. Stolz auf uns, weil wir unsere Erfahrungen miteinander teilen und so an Wissen gelangen, das ihr verschlossen blieb. Stolz auf das, was wir in der Welt bewegen, für unsere Leidensgenossinnen in der Vergangenheit und Gegenwart. Unsere Verletzlichkeit ist unsere größte Stärke. Zusammen verändern wir die Gesellschaft auf eine Weise, die sie sich kaum vorzustellen gewagt hätte. Ich wische mir eine Träne aus dem Auge, wegen all des Kummers, der ist und war, und beschließe, lieber wieder auf die Häppchen zurückzukommen. Virginia zuliebe, dir zuliebe, uns allen zuliebe … (Übrigens, tolles Wort: Häppchen.)

Hier das erste: Gürkchen mit Käse. *Mein Sitcom-Ich dreht sich kurz zur Kamera* Häppchen. Gürkchen mit Käse. Na, klingelts? Jetzt sag bloß, du hast bei Häppchen nicht auch sofort an Essen gedacht!

Kleiner Scherz am Rande, aber nun Spaß beiseite … (wobei Spaß natürlich nie außen vor bleiben sollte – wusstest du, dass sogar ein falsches Lächeln sich positiv auf unser Nervensystem auswirkt? Das Gehirn kann nämlich nicht unterscheiden, ob es sich um ein echtes oder unechtes handelt. Und so geht es nun häppchenweise weiter … Jep, mit diesem Wort lässt sich viel anstellen).

DER ZUSTAND, DER DIR ATTESTIERT WURDE, SAGT NICHTS DARÜBER AUS, WER DU BIST. ER WIRD VERGEHEN, ABER JETZT IM MOMENT IST ER DEINE SUPERKRAFT.

Er ist dein Antrieb, etwas zu verändern. Bei mir war es so. Ebenso wie bei vielen anderen, die in die Tiefe vorgedrungen sind und wieder herausgefunden haben – in die Tiefe der Höhle, wo die Schätze verborgen liegen. Nur Kämpfer*innen trauen sich dort hinein. Den Gefühlen aus dem Weg zu gehen ist die Abzweigung für Feiglinge, nicht andersherum. Wenn du dein Leiden als Superkraft betrachtest, erkennst du vielleicht, wie stark du bist und was du alles schaffen kannst und wirst – mit dem unvergleichlichen Schatz, den du auf deiner mutigen Reise durch die Finsternis findest.

Wenn du Angstzustände hast, bist du nicht:

krank
komisch
schwach
für immer so

psychisch oder auf irgendeine andere Art labil
zu emotional
unnormal
allein
schräg

Und du bist auch kein*e:

Mimöschen
Hypochonder*in
Flunkerlieschen
Zahl in einer Statistik
Hoffnungsloser Fall

Soll ich dir sagen, was du bist? Du bist MENSCHLICH und AM LEBEN.

Du bist ein Mensch mit einer Geschichte und vielen Facetten und du bist nicht allein. Wir alle haben viele Facetten und eine Geschichte. Wir alle durchleben Irrungen und Wirrungen, Probleme, Zweifel und Ängste, und die Gründe dafür sind vielfältig. Die Leute lassen sich nicht unterteilen in »diejenigen mit« und »diejenigen ohne«. Und das ist wirklich gut zu wissen (deswegen mag ich den Begriff »psychische Gesundheit« und die Statistiken dazu auch nicht). Du bist ein Mensch mit einer einzigartigen Geschichte und du wirst geliebt. (Vergiss mein Buch – ich komme doch auf eine Tasse Tee rüber, damit wir uns austauschen können. Wenn wir schon dabei sind, können wir auch gleich ein paar Scones mit Marmelade verdrücken. Und Sandwiches. Und

Kuchen. Und Chips. Und dann wieder was Süßes. Wir brauchen alle mal einen Festtag.)

DAS LEBEN KOMMT SELTEN OHNE LEID. DOCH EINER DER HAUPTGRÜNDE DAFÜR IST DER VERSUCH, EIN LEBEN OHNE LEID ZU FÜHREN.

Lass dir das mal einen Moment auf der Zunge zergehen. Himmel, wie viele Jahre habe ich bis zur vollkommenen Erschöpfung dagegen angekämpft, nur weil ich dachte, Schmerz sollte es nicht geben und alle anderen wären frei und unbeschwert.

Das erste Rezept ist, die Gefühle zuzulassen.
Woran auch immer du gerade zu knabbern hast – je mehr du versuchst, es zu verdrängen, es in Ordnung zu bringen, dich darüber aufzuregen, desto schlimmer wird es. Wie man in der Neurowissenschaft zu sagen pflegt (ich habe vergessen, von wem dieser Satz stammt): »What you resist persists.« Also in etwa: Was du versuchst zu vertreiben, wird bleiben. Ich weiß, dass wir instinktiv gegen Probleme ankämpfen, aber paradoxerweise ändert sich schon etwas und wird manchmal wie auf Knopfdruck leichter, wenn wir sie statt-

dessen herzlich empfangen, uns mit ihnen anfreunden, sie akzeptieren und auf sie eingehen. Würdest du Freund*innen, die trauern, besorgt oder am Boden zerstört sind, Folgendes an den Kopf werfen? »Krieg dich endlich wieder ein! Ist doch Quatsch, sich so zu fühlen! Du benimmst dich seltsam, das kann so echt nicht weitergehen! Reiß dich zusammen und mach was aus deinem Leben!« Ähm … wohl kaum. So etwas würdest du nie zu einem geliebten Menschen sagen. Warum also zu dir selbst? Hör in dich hinein, wehr dich nicht und lass deine Gefühle zu. Das ist der Anfang der Besserung.

Entlarve deine*n innere*n Kritiker*in.

Wir alle haben eine*n. Aber wenn Angst zur Angststörung wird oder Stress zur Krankheit, dann hat dieses Wesen höchstwahrscheinlich die Kontrolle übernommen. Meines habe ich zum Beispiel Oberfeldwebel Sandy getauft. Als ich die nötige Ruhe dafür hatte, horchte ich in meinen Kopf hinein und war fassungslos, wie gemein Sandy war. »Du hast heute nicht genug geschafft.« »Du bist nicht feminin genug.« »Du hast dich nicht richtig angestrengt.« »Du musst anderen nicht immer so viel Persönliches aufdrängen.« »Du bist echt so was von dumm.« Sandys Äußerungen konnten richtig unter die Gürtellinie gehen. Vielleicht leidest du ja auch an Kritikitis. Daraus können sich erschreckende Krankheitsbilder entwickeln. Der Trick ist, und das verlangt ein bisschen Übung, sich die Gedanken anzuhören und zu sagen: »Hallo Sandy (oder wie auch immer du deine*n innere*n Kritiker*in nennen möchtest), ich verstehe dich, ich weiß, du hast nur

Angst, trotzdem ist dein Verhalten unangebracht. Wir tun hier unser Bestes und was du von dir gibst, sind nichts als völlig überholte Phrasen. Die interessieren uns nicht mehr.« Und das ist auch schon die ganze Wissenschaft dahinter, nett zu sich selbst zu sein. Sobald du deine*n innere*n Kritiker*in vom Netz nimmst, tun sich in deinem Gehirn buchstäblich ganz neue Wege auf.

Finde heraus, ob du introvertiert bist.

Und zwar nach der wahren Definition. Es geht hier nämlich nicht darum, schüchtern zu sein oder sich unwohl auf Partys zu fühlen. Auch introvertierte Menschen sind ab und zu laut und stehen gern im Rampenlicht (hi!) und wir sind nicht grundsätzlich schüchtern. Als ich mich näher mit Introvertiertheit beschäftigt habe, kam es mir oft so vor, als hätte jemand eine Riesenglühbirne über meinem Kopf angeknipst. »Ach, deswegen bin ich nicht gern in großen Gruppen unterwegs und treffe mich lieber in kleinerer, ruhigerer Runde.« »Ach, deswegen brauche ich so viel Zeit für mich, um Kraft zu tanken.« »Ach, deswegen kann ich mich nicht gleichzeitig aufs Musikhören und Lesen konzentrieren.« »Ach, deswegen mag ich keine Großraumbüros.« Und so weiter und so fort. Könnte ich mir eine einzige Sache aussuchen, die ich schon vor zwanzig Jahren hätte wissen können, dann die, dass ich introvertiert bin. Ich glaube, sich darüber im Unklaren zu sein, ist einer der Hauptauslöser für Angststörungen und das chronische Erschöpfungssyndrom. Wenn du gern liest, empfehle ich dir *Still – die Kraft der Introvertierten* von Susan Cain. Oder ihren TED-Talk. Du könntest auch einen angesehenen Persönlichkeitstest machen, zum Beispiel den nach Myers-Briggs (nicht so einen Psychotest aus einer Zeitschrift!). Du kannst natürlich auch jemanden fragen, der es wissen könnte. Finde heraus, ob du introvertiert bist, denn falls ja, ist diese Welt nicht gemacht für dein zartes, sensibles Nervensystem. Darauf musst du dich erst mal einstellen. Aber keine Sorge: Introvertiert zu sein ist wundervoll. Schließ dich gern unserem Team an. Bei uns gibt es immer jede Menge Tee, tiefschürfende Gespräche und oft gehen wir um neun Uhr abends ins Bett (nicht alle zusammen, versteht sich). Extravertierte Menschen sind fabelhaft. Wir lieben und brauchen sie. Doch oft sind Introvertierte diejenigen, die Neues erfinden, daher müssen sie geschützt und unterstützt werden. Es gäbe keine Relativitätstheorie und keine iPhones, ebenso wenig wie unzählige Songs und Kunstwerke und Comedy-Gags, wenn die Introvertierten nicht ihrem stillen Leben nachgehen würden, um den Geist zu stimulieren (frei nach Einstein).

Wo auch immer du gerade stehst, besinne dich auf deine bloße Existenz. Damit will ich sagen:

DU WIRST GELIEBT UND AKZEPTIERT UND DU BIST PERFEKT – EINFACH NUR, WEIL ES DICH GIBT. **WENN DU DAS**

WEISST, BIETEST DU ÄNGSTEN ERST GAR KEINEN NÄHRBODEN.

Ängste haben keine Chance, wenn du weißt, dass du geliebt und akzeptiert wirst, dass du einzigartig und einfach nur auf dieser Welt bist, um du selbst zu sein (dafür brauchst du rein gar nichts zu tun). Du kannst zu deinen Träumen und Wünschen stehen, ohne dir Sorgen darüber zu machen, jemand könnte dich dafür verurteilen. Schließlich wirst du – genau! – geliebt und akzeptiert. Du kannst deine Schwächen bekennen, weil Liebe, Akzeptanz und Bindungen dadurch nur noch stärker werden. Du kannst respektvoll mit dir umgehen und auf deine Grundbedürfnisse eingehen. Und durch den Respekt dir selbst gegenüber wächst der Respekt für andere. Die Wörter »sollen« und »müssen« haben in deinem Leben nichts mehr zu suchen. Denn du wirst geliebt und akzeptiert, du brauchst nichts zu beweisen. Es steht dir immer frei, Nein zu sagen. Du kannst aufhören, dich mit anderen zu vergleichen. Denn du weißt, dass du einzigartig bist, und das ist gut so – warum also solltest du dich mit anderen messen? Stattdessen schließt du deine Mitmenschen einfach ins Herz.

So, und jetzt hör mir gut zu. Wenn du dich gerade allein fühlst, oder Angst hast, oder durcheinander bist, oder traurig (oder alles gleichzeitig), dann hast du mein aufrichtiges Mitgefühl. Falls du dich selbst noch nicht liebst und akzeptierst, sei versichert: Ich tus. Das tun wir alle. Wir alle sind miteinander verbunden – all jene, die einen Beitrag für dieses Buch geschrieben haben, und all jene, die es lesen. Was wir erleben und durchmachen, mag bei jedem und jeder anders aussehen. Doch du brauchst nur ein bisschen an der Oberfläche zu kratzen und schon merkst du, dass alles aus den gleichen grundlegenden Ängsten erwächst.

ES GIBT NUR EIN EINZIGES DU AUF DIESER ERDE UND ALLEIN DESHALB WIRST DU GELIEBT.

Du erfüllst eine ganz eigene Bestimmung. Die Welt braucht dich. Wehe, du denkst etwas anderes. Dann werde ich nur wieder sauer!

Alles Liebe
Miranda

SCHRECKLICH, SCHÖN

VON

Maggie Matić

WISSENSCHAFTLERIN, AUTORIN, INFLUENCERIN

Gegensätze überwinden

Ich bin irgendwie unsicher, wie ich diesen Text anfangen soll. Das ist allerdings auch wenig überraschend in einer Gesellschaft, in der es kaum Worte oder Raum gibt, um über psychische Gesundheit zu reden. Es herrscht eine globale Kultur der Scham und des Schweigens rund um dieses Thema, und das verkompliziert das Ganze nur noch. So ist es Menschen oft gar nicht möglich, über ihre Probleme zu sprechen. Daran werde ich ständig erinnert, wenn ich mich dabei erwische, wie ich bei beruflichen oder privaten Treffen meine Ärmel nach unten ziehe, um die Narben an meinen Handgelenken zu verdecken. Oder wenn ich Leuten erzähle, ich wäre beim Zahnarzt gewesen statt bei der Therapie. Oder wenn ich sage »Es geht mir gut«, wenn es gar nicht stimmt.

Mit einer psychischen Erkrankung zu leben schafft eine Art zweigeteilte Wirklichkeit. Es führt zu einer Zerreißprobe für das eigene Selbst. Mein »professionelles, ausgeglichenes und verlässliches Ich« versucht, mein »peinliches, hysterisches und beschämendes Psycho-Ich« zu verstecken. Dieses schädliche Verhalten wird noch verstärkt durch die konstruierten Gegensätze von gut und böse, gesund und ungesund und normal und unnormal. Das zwingt uns dazu (vor allem im Kontext des neoliberalen Kapitalismus), unser Selbst zu zensieren und zu bändigen, es unter Kontrolle zu halten und auf Teufel komm raus den Umständen anzupassen.

Ich habe mir zum Ziel gesetzt, mich und meine Selbstwahrnehmung nicht länger von dieser dualen Betrachtungsweise beeinflussen zu lassen. Aber das ist keine leichte

Aufgabe. Fast mein gesamtes bisheriges Leben habe ich in diesen Gegensatzpaaren gedacht, und noch heute bestimmen sie mein Denken (und Fühlen). Doch allmählich begreife ich, dass ich, genau wie alle anderen Menschen, sehr viel komplexer bin, als es dieser einfache und veraltete gesellschaftliche Binärcode zulässt. Ich bin weder vollständig gut noch vollständig böse, weder vollkommen gesund noch vollkommen ungesund, weder normal noch unnormal. Nicht mal irgendwo dazwischen. Ich kann all diese Dinge sein und noch mehr, und das alles an einem einzigen Nachmittag. Ich möchte mich nicht »bändigen« oder »kontrollieren«. Ich bin nicht mal sicher, inwieweit ich mich selbst verstehen möchte, falls das überhaupt möglich ist. Viel lieber bemühe ich mich zu akzeptieren, dass ich mich selbst nie ganz und gar kennen oder definieren kann.

Diese Erkenntnis hat meiner psychischen Gesundheit übrigens enorm geholfen. Trost im Chaos meiner Erkrankung zu finden und die Dinge zu nehmen, wie sie kommen, funktioniert nicht von jetzt auf gleich. Es ist ein Prozess. Aber schon allein, mich darauf einzulassen, hat mir viel von dem Druck genommen, »gesund« oder »normal« oder »die beste Version meiner selbst« sein zu müssen.

Auch eine Diagnose kann hier mit reinspielen, sowohl positiv als auch negativ. Einerseits erklärt sie einen psychischen Zustand zum »Problem«, für das eine Lösung gefunden werden muss. Andererseits bringt sie oft Klarheit und sorgt unter Umständen dafür, dass man endlich aktiv etwas unternehmen kann. Meine Teenagerjahre habe ich sehnsüchtig auf eine Diagnose gewartet. Ich wollte »verstehen, was mit mir nicht stimmte«, um es zu beheben. Mit Anfang zwanzig änderte sich das. Ich wollte nicht länger zum »Problem« werden, das es zu »lösen« galt. Als mir dann vor ein paar Jahren doch eine bipolare Störung attestiert wurde, war es für mich persönlich weder hilfreich noch hinderlich. Ich fühlte mich nicht anders als vorher: Manchmal frustrierte mich meine Psyche und brachte mich ganz durcheinander, manchmal war ich damit im Reinen und zufrieden.

Den Sturm abwettern

Meine offizielle Diagnose bekam ich mit vierundzwanzig. In Behandlung war ich jedoch seit meinem dreizehnten Lebensjahr. Solange ich denken kann, schlage ich mich schon mit verschiedenen psychischen Schwierigkeiten herum (darunter Psychosen, Paranoia, Angststörungen, Depressionen und Manien). Bipolarität bedeutet, extreme Höhen und extreme Tiefen zu erfahren – und alles dazwischen.

In meinem Leben habe ich phasenweise überhaupt keine und phasenweise zu viele Medikamente genommen. Ich wurde gegen meinen Willen in eine Klinik eingewiesen und habe mich heftig gegen Hilfe gewehrt. Dann wiederum habe ich selbst Hilfe gesucht, wurde nicht beachtet und »fiel durchs Raster«. Mal war ich selbstzerstörerisch und mal voller Selbstliebe. Ich war in den finstersten, furchterregendsten Tiefen meines Bewusstseins und hatte die aufregendsten und erfüllendsten geistigen Höhenflüge. Manchmal bin ich dankbar für die emotionale Einsicht, das Verständnis und das Wissen, die mir der Kampf um meine psychische Gesundheit beschert hat. Aber wenn ich ganz ehrlich bin, erscheint mir in anderen Momenten das Leben, das noch vor mir liegt, unerträglich.

Was mir an dem Alltag mit Bipolarität und Psychosen mitunter am schwersten fällt, ist die Tatsache, dass ich mir selbst nicht trauen kann. Weder meinen Gefühlen noch meinen Erfahrungen oder Gedanken. Unsicherheit ist meine ständige Begleiterin. Ich weiß nicht, was von einem chemischen Ungleichgewicht, von Angst, Psychose, Depression oder Manie verzerrt ist und was nicht. Es ist beängstigend, anstrengend und bringt mich aus dem Gleichgewicht. Es ist, als wollte man Sand festhalten, der einem durch die Finger rinnt. Oder sich an den Ort erinnern, an dem man einen verlegten Gegenstand zuletzt gesehen hat.

Ich war am absoluten Tiefpunkt – in dieser klebrigen, kräftezehrenden schwarzen Teergrube in den Tiefen meiner Depression. Monatelang saß ich darin fest. Ich kenne sie gut, ich war schon öfter dort. Auch damit konnte und kann ich mich nach meiner Diagnose nur schwer anfreunden: mit der Erkenntnis, dass mir dieser Ort vertraut geworden ist und ich mein Leben lang immer und immer wieder dorthin zurückkehren werde. Aber ich sag dir was: Jedes Mal, wenn es wieder so weit ist, schaffe ich es wundersamerweise irgendwie, mich herauszuwinden. Jedes Mal, ohne Ausnahme. Dabei fühle ich mich nicht mutig. Dabei fühle ich mich nicht stark. Und ganz sicher fällt es mir nicht leicht. Doch es macht mich stolz und gibt mir Kraft – ich werde immer wieder auf der anderen Seite herauskommen.

In der für mich persönlich schlimmsten Phase habe ich von meiner Mutter Abigail einen weisen Rat bekommen, den ihr damals ihr Vater Cliff mit auf den Weg gegeben hat (übrigens ist der – unglaublich, aber wahr – mit sechzig noch mal an die Uni gegangen, um Psychologie zu studieren! Wie inspirierend!): In deiner dunkelsten Zeit, wenn du alle Hoffnung aufgegeben hast und du keinen Ausweg siehst, kannst du dich manchmal nur noch zu einer Kugel zusammenrollen und dein Bestes tun, um den Sturm abzuwettern. Irgendwann, ob es nun Stunden, Tage, Wochen, Monate oder Jahre dauert, haben sich die Wolken ausgeregnet und der Sturm hat sich gelegt. Dann spähst du aus deiner kleinen Kugel hinaus und rollst dich langsam auseinander. Es wird eine Weile dauern, die Sturmschäden zu beseitigen, aber du schaffst das, Schritt für Schritt. Vielleicht bist du sogar überrascht, wie viel du durch den Regen gewachsen bist und wie viel du gelernt hast.

IRGENDWANN LEGT SICH JEDER STURM.
DIE WOLKEN VERZIEHEN SICH.
UND DIE SONNE KOMMT WIEDER ZUM VORSCHEIN.

Strategien zum Durchhalten

Es ist schwer, wenn nicht gar unmöglich, sich vorzustellen, dass man von diesem düsteren Ort je wieder zurückkehren kann. Aber das wirst du. Immer. Such dir Kletterhaken, an denen du dich festhalten kannst und die dir dabei helfen, dich hochzuziehen. Vielleicht sind es vorwitzige Sonnenstrahlen, die sich durch dein Fenster stehlen und deine Haut wärmen. Vielleicht ist es ein Buch, ein Podcast oder ein Lied, das deine Fantasie anregt und dir hilft, der Realität für eine Weile zu entfliehen. Vielleicht ist es der wohlige Wasserstrahl einer heißen Dusche oder das sanfte Schlagen deines eigenen Herzens. Halt Ausschau nach den kleinen Dingen, die dir in Erinnerung rufen, wer du bist, wo du bist und was dein unschätzbar wertvoller Platz in dieser Welt ist.

Für mich waren die verlässlichsten Kletterhaken das Lesen, Bildung und ein unstillbarer Wissensdurst. Als Kind war ich das Gegenteil eines Bücherwurms, und niemand hätte sich vorstellen können, dass ich eine akademische Laufbahn anstreben würde. In meiner Familie galt ich immer als »die Kreative«. Mit achtzehn, mitten in einer besonders schwierigen depressiven Phase, stolperte ich dann im Netz über Videos zum Thema Philosophie. Und sie entfachten meine Neugier. Ich konnte förmlich spüren, wie mein Hirn nach einer langen Zeit im Standby wieder zum Leben erwachte. Zu der Zeit hatte ich gerade das College abgebrochen, an dem ich einen Fachabschluss in Mode hatte machen wollen. Ich entschied mich, die Ausbildung doch zu Ende zu bringen, um mich anschließend an der Uni bewerben zu können.

Und tatsächlich schaffte ich mein Studium – mit der Unterstützung zweier toller Frauen, meiner unglaublichen Mum und einer Tutorin, die mir während meines Aufenthalts in einer psychiatrischen Einrichtung kleine Geschenke schickte. Danke, Abigail. Danke, Jan.

Als ich damals begann, Philosophie und Psychologie zu studieren (mich beschlich das Gefühl, im zweiten Fach schon ein bisschen Insiderwissen zu besitzen), stellte das mein Leben völlig auf den Kopf. Zunächst einmal war ich starr vor Angst. Denn alle um mich herum kamen mir so viel schlauer vor. Um das auszugleichen, verbrachte ich jeden Tag in der Bibliothek, las Primär- und Sekundärtexte, lernte, wie man philosophische Doktrinen dechiffrierte, und sich im Dickicht der Online-Datenbanken und der Dewey-Dezimalklassifikation zurechtfand. Und wieder fühlte ich, wie sich in meinem Gehirn neue Synapsen bildeten, wie neue Verknüpfungen entstanden. Es war aufregend. Davor hatte ich mein Hirn schon abgeschrieben und gedacht, es sei kaputt, nicht mehr als ein Sumpf aus Schmerz, Krankheit und Leid. Doch auf einmal kam es mir vor wie ein Muskel, den ich beugen und trainieren, den ich mit Wissen, Kraft und anderen nützlichen Dingen vollpumpen konnte. Besser noch, niemand vermochte mir die neuen Erkenntnisse und Fähigkeiten wegzunehmen. Ich war wie süchtig und studierte immer weiter. Inzwischen habe ich zwei Masterabschlüsse und beende gerade meine Doktorarbeit. Nicht schlecht für einen Psycho, was?

Mir ist klar, dass ich extrem privilegiert bin, weil ich so

einfach und behütet studieren konnte. Für viele ist es unmöglich, zur Schule oder Uni zu gehen. Ich schätze mich unheimlich glücklich deswegen. Das ist auch ein Grund, warum ich mich beruflich damit beschäftige, den Zugang zu Bildung und Wissen zu erleichtern und zu demokratisieren. Aber das ist natürlich nicht für jede*n der richtige Weg. Du musst für dich herausfinden, was dir persönlich dabei hilft zu überleben. Entwickle Strategien, die dir die Kraft geben, deine Krise zu bewältigen.

Damit wir uns nicht missverstehen – ich hatte zwischendurch immer wieder superschwierige Phasen. Ich musste Pausen einlegen und mich zu einer kleinen Kugel zusammenrollen. Dabei wurde ich von meiner wundervollen Frau Rene und meiner großartigen Familie unterstützt. Abgesehen davon hat es mir sehr geholfen zu wissen, dass meine Welt voller alter und neuer Worte und Ideen da draußen auf mich wartet, sobald ich mich wieder aufrolle. Dieser Gedanke erdet mich, er hilft mir, mein Potenzial zu erkennen. Er nimmt mir etwas von der Scham und lockert die binäre Sicht auf meinen schrecklichen, schönen Geist.

Stigmatisierung, Scham und Schweigen die Stirn bieten

Stigmatisierung, Scham und Schweigen wirken innerlich und äußerlich. Und sie ersticken Diskussionen über psychische Gesundheit im Keim. Ich versuche, mich aktiv dagegen zur Wehr zu setzen, indem ich offener und ehrlicher mit meiner Erkrankung umgehe. Zum Beispiel berichte ich häufiger Kolleg*innen oder neuen Bekannten von meinen Erfahrungen. Dabei gebe ich mir Mühe, eine Person zu sein, mit der Leute gern sprechen, der sie vertrauen. Ob wir selbst mit psychischen Herausforderungen zu kämpfen haben oder nicht: Wir alle können ein paar Dinge verändern.

- Mach dir Gedanken über die Sprache, die du verwendest. Benutzt du »verrückt« und »Psycho« als Beleidigung? Sagst du »Was stimmt nicht mit dir?«, statt zu fragen: »Wie gehts dir?«

- Versuche, an deinen unbewussten Vorurteilen zu arbeiten. Merkst du, dass du Leute für »übertrieben« oder »negativ« hältst, wenn sie dir von ihrer psychischen Gesundheit erzählen? Sind dir das schnell »zu viele Informationen«?

- Denk darüber nach, wie du Menschen in deinem Umfeld unterstützen kannst. Bist du erschöpft oder genervt von Freund*innen oder Angehörigen, die eine schwere Zeit durchmachen? Vielleicht kannst du ja mit ihnen zusammen eine professionelle Anlaufstelle finden.

- Überlege, wie du anderen unter die Arme greifen kannst. Wenn du in der Öffentlichkeit jemanden siehst, dem oder der es nicht gut geht, könntest du dich vergewissern, ob die Person Hilfe braucht – wenn es für dich sicher genug ist, dich zu nähern.

- Denk an dich. Fragst du dich regelmäßig, wie es dir geht, so, wie du das mit deinen besten Freund*innen machen würdest? Hast du Geduld mit dir, bist du verständnisvoll? Oder machst du dir selbst Vorwürfe, weil du psychische Schwierigkeiten hast?

Diese winzigen Veränderungen können viel bewirken. Sie können Schranken niederreißen, die Menschen in ihrem Leid und ihrer Angst isolieren. Nicht jede*r weiß, wie es sich anfühlt, eine Depression oder Psychose zu durchleben. Aber wir alle waren schon mal allein, verletzlich oder hatten Angst. Wir sollten anfangen, diese Dinge als Spektrum zu betrachten statt als gegensätzliche Pole von »normal« und »unnormal«. So ermutigen wir zu mehr Empathie, Geduld und Verständnis und machen die Welt etwas einfacher für diejenigen, die mit psychischen Problemen zu kämpfen haben.

EIN PSYCHO ZU SEIN IST **VERWIRREND, ERNIEDRIGEND, ERSCHRECKEND UND UNERMESSLICH.** ES ERDET DICH, ERSTAUNT DICH, IST KRÄFTEZEHREND UND

KRAFTVOLL. ES IST ENTMUTIGEND, ERMUTIGEND, FRUSTRIEREND UND FURCHTERREGEND. ES IST **BESCHISSEN, BEZAUBERND, VERBLÜFFEND UND VERFÜHRERISCH.**

ES IST SCHRECKLICH, ES IST SCHÖN. GENAU WIE ICH.

DEINE PSYCHE IST DEIN*E FREUND*IN

VON

Grace Beverley

UNTERNEHMERIN

Was ich für Freund*innen tue, wenn sie mies drauf sind:

1. Fragen, ob alles okay ist.
2. Darauf hören, wenn sie sagen, alles ist okay oder eben nicht.
3. Verständnis für ihre Probleme haben.
4. Niemals denken, dass sie überreagieren oder nerven oder sich anstellen.
5. Ihre Probleme nicht kleinreden.
6. Sie niemals für anstrengend halten.
7. Mich regelmäßig bei ihnen melden.
8. Ihnen raten, sich erst mal um sich selbst zu kümmern und es ruhig angehen zu lassen.

Was ich für mich tue, wenn ich mies drauf bin:

1. Mich damit abfinden.
2. Mir vielleicht eine Gesichtsmaske gönnen.
3. Oder ein Glas Wein.
4. Oder beides.
5. Mir in den Hintern treten.

Ich weiß ja nicht, wie du das siehst, aber der Unterschied zwischen diesen beiden Listen scheint mir … ziemlich offensichtlich.

Ein Geständnis:
Ich nehme NIE richtig Rücksicht auf meine psychische Gesundheit.

Ich halte sie für enorm wichtig und bin unbedingt dafür, sie genauso ernst zu nehmen wie die körperliche Gesundheit. Aber wenn es um meine eigene Psyche geht, ist mein Einfühlungsvermögen ungefähr so groß wie das von Fräulein Knüppelkuh aus Matilda. Quasi nicht existent.

Keine Ahnung, warum, wie, wann, wo und in welcher Welt mein Verstand sich entschieden hat, mit zweierlei Maß zu messen. Mittlerweile weiß ich, dass ich da nicht allein bin und es nicht zwangsläufig eine Schwäche sein muss. Trotzdem gebe ich mir die größte Mühe, daran etwas zu ändern. Bis ich so weit bin, habe ich meine ganz eigene Methode zum Selbstschutz entwickelt. Auf die Psyche Rücksicht nehmen für Dummies, wenn man so will.

WIE WÄRS, WENN DU IN EINEM STIMMUNGSTIEF (PASS GUT AUF, GRACE) GENAUSO FÜR DICH DA BIST WIE FÜR EINE*N FREUND*IN? KLINGT SIMPEL? **IST AUCH SIMPEL.**

Du denkst vielleicht, dass du dir ja wohl kaum selbst Nachrichten schicken sollst, wenn du schlecht drauf bist. Oder dich besuchen, statt wie geplant auf eine Veranstaltung zu gehen. Oder verständnisvoll und großzügig sein – so wie du es bei Freund*innen wärst. Aber genau das meine ich! Im Ernst. Ich erklärs dir.

Sobald ich höre, dass Freund*innen an ihre Grenzen stoßen, Promis Gewissensbisse haben oder ältere Generationen psychische Probleme rundheraus leugnen, bin ich die Erste, die sich aus Mitgefühl und Solidarität für mehr Bewusstsein und Akzeptanz einsetzt. Aber wenn ich selbst Schwierigkeiten habe, bin ich wie ein verschlossenes Buch. Dann streite ich alles ab. So wie besagte Leugner*innen, über die ich mich sonst aufrege, weil sie nicht kapieren, wie wichtig eine gesunde Psyche ist. Wenn es auf meine psychische Gesundheit ankommt, tu ich gern mal so, als würde ich mich wegen eines gestoßenen Zehs krankmelden.

Keine Ahnung, wann das passiert ist – wann sich mein ignoranter Dickkopf durchgesetzt hat. Auf meine eigene psychische Gesundheit nehme ich einfach keine Rücksicht. Und da bin ich mit Sicherheit nicht die Einzige. Solange ich keine körperlichen Beschwerden habe, geht es mir »gut«. Solange mein Arm nicht gebrochen ist, ich keine Grippe habe oder mein Zeh nicht fast abstirbt, mache ich weiter wie bisher. Dabei wissen wir alle, dass sich psychische Leiden – ob Trauer, Angstzustände, Depressionen, posttraumatische Belastungsstörungen oder irgendwas dazwischen – nicht mit physischen Schmerzen oder Verletzungen vergleichen lassen. Egal wie groß oder klein die Probleme sind, sie belasten uns nicht weniger als körperliche Symptome – nur dass sie zehnmal schlimmer sind und in unserem Kopf sitzen. (Aber hey, was ich nicht seh, tut mir nicht weh.)

Ich arbeite immer noch daran, das zu verinnerlichen. Inzwischen gelingt es mir schon viel besser. Ich zweifle nicht mehr ständig an meinen Gefühlen und nehme mich und meine Psyche ernst. Aber wenn ich mal wieder nicht die Kurve kriege, schaffe ich es mit einem Kniff dann doch doch, mir etwas Gutes zu tun. Angefangen hat alles mit einer richtig schrecklichen Woche: Ich bin zwischen Events und Meetings hin und her gehetzt – schließlich hatte ich es den Leuten ja versprochen. Aber nicht eine Sekunde lang habe ich darüber nachgedacht, mir selbst mal was zu versprechen. Ich war angespannt, gestresst und niedergeschlagen, so heiter wie der Himmel über England. Ich war gerade unterwegs zur gefühlt dreihundertachtundsiebzigsten Pflichtveranstaltung. Dabei wollte ich nur noch nach Hause, mich in meine Decke kuscheln und ein bisschen Zeit für mich haben. Ich spielte mit dem Gedanken, mich mit einer klitzekleinen Lüge herauszureden. Eine Freundin könnte krank sein. Oder ich könnte vergessen haben, meinen Hund zu füttern. Dann fragte ich mich, warum das Wohlbefinden einer Freundin oder das Magenknurren meines Hundes akzeptable Gründe für meine Abwesenheit waren – im Gegensatz zu dem

Nervenkollaps, der mir unmittelbar bevorstand. Am Ende entschied ich mich für die Lüge. Ich sagte, ich müsste mich um meine Freundin kümmern, dabei meinte ich mit dieser Freundin mich selbst. Meine Freundin brauchte mich. Sie brauchte Trost und ein bisschen Zeit zum Reden und Entspannen. Und so wurde aus meiner Psyche meine Freundin.

Das löst zwar nicht das grundlegende Problem und ich will jetzt auch gar keine Lawine von Ausreden lostreten – jaja, wir haben ALLE vergessen, unseren Hund zu füttern –, aber geholfen hat es trotzdem. Meiner Freundin ging es nicht gut, sie brauchte mich und es war richtig, für sie da zu sein. Endlich gönnte ich mir die Unterstützung, von der sonst meine Freund*innen profitierten. Wenn ich mein Gehirn schon nicht umprogrammieren kann, muss ich mir eben was anderes einfallen lassen.

Sobald ich jetzt mal eine kleine Auszeit brauche, schiebe ich meine seelischen Bedürfnisse auf die meiner Freundin. Natürlich habe ich ein schlechtes Gewissen, weil ich meine Probleme nicht akzeptieren und sie beim Namen nennen kann. Weil ich nicht einfach in die Welt hinausschreien kann, wie wichtig mir meine Psyche ist, wenn ich doch eigentlich genau das Richtige tue und auf mich achte. Aber zumindest stehe ich in dem Moment für mich an erster Stelle und das ist die Hauptsache. Meine Psyche ist meine Freundin und manchmal braucht sie mich eben.

Wenn du dir das nächste Mal in den Hintern treten und dich zusammenreißen willst, obwohl du ganz genau weißt, dass du eine Pause brauchst, verhalte dich wie eine Freundin oder ein Freund.

SEI DEIN*E EIGENE*R FREUND*IN: HÖR ZU, SEI ACHTSAM, VERSUCHE VERSTÄNDNIS FÜR DICH AUFZUBRINGEN. ES IST NICHTS DABEI, SICH UM EINE FREUNDIN ODER EINEN FREUND ZU KÜMMERN, UND **ES IST AUCH NICHTS DABEI, SICH UM SICH SELBST ZU KÜMMERN.**

DAS RICHTIGE SAGEN

VON

Mathew Kollamkulam

EHRENAMTLICHER MITARBEITER BEI SHOUT

Ich erinnere mich noch genau an das erste Mal, als ein Freund mit mir über die Probleme sprach, die er mit seiner psychischen Gesundheit hatte. Es war auf einer Party. Ich hatte ihn eine ganze Weile nicht gesehen, daher ging ich irgendwann hinaus auf den Balkon, um ein bisschen unter vier Augen mit ihm zu quatschen. Dort erzählte er mir von der depressiven Phase, die er gerade durchmachte. Ich nickte langsam, setzte eine besorgte Miene auf (zumindest war das meine Absicht) und versuchte, mir unter keinen Umständen anmerken zu lassen, dass mein Verstand Purzelbäume schlug. Scheiße! Ich sollte jetzt wohl wirklich etwas sagen. Bitte sag auf keinen Fall etwas Blödes. Oder Unsensibles. Oder Herablassendes. »Ähm ... Also, das ist ... Ich ...«, stammelte ich. »Tut mir echt leid, das zu hören. Ich hoffe, alles wird gut.«

Seit Juni letzten Jahres arbeite ich nun ehrenamtlich für *Shout*. Das ist eine Anlaufstelle für Menschen in Großbritannien, die sich gerade in einer psychischen Krise befinden. Sie können sich per Textnachricht an uns wenden, wenn sie sich gestresst, ängstlich, besonders schlecht fühlen oder sofort Unterstützung benötigen, weil sie zum Beispiel Suizidgedanken haben. Heute ist mir bewusst, dass ich an jenem Abend auf dem Balkon so viel mehr hätte tun können, um meinem Freund beizustehen. Aber damals hatte ich einfach absolut keine Ahnung, was.

Laut einer Studie des National Health Service aus dem Jahr 2009 haben pro Jahr etwa 25 Prozent der Menschen in England (jeder Vierte!) mit einem psychischen Problem zu kämpfen[10]. Bislang hatte ich Glück – Stand heute gehöre ich zu den übrigen 75 Prozent. Ich hatte meine Höhen und Tiefen, aber ich habe noch nie so um meine psychische Gesundheit gerungen, wie ich es bei anderen erlebt habe.

Da ich selbst so etwas bisher nicht durchmachen musste, wusste ich nicht, wie sich das Leben mit einer psychischen Krankheit anfühlt. Deshalb ging ich davon aus, dass ich jemandem, der damit zu kämpfen hat, nicht helfen kann. Das stimmt aber nicht. Wir haben keine Schwierigkeiten, uns in jemanden hineinzuversetzen, der eine körperliche Krankheit wie Krebs oder auch nur Schmerzen wegen eines gebrochenen Beines hat.

WIR MÜSSEN NICHT AN EINER PSYCHISCHEN KRANKHEIT LEIDEN, UM **MENSCHEN ZU UNTERSTÜTZEN, DIE HILFE SUCHEN.**

Ich kann mir vorstellen, dass es noch viel mehr Leute gibt, die sich so ahnungslos vorkommen wie ich auf dem Balkon,

10 McManus, S., Meltzer, H., Brugha, T. S., Bebbington, P. E., & Jenkins, R. (2009). Adult Psychiatric Morbidity in England, 2007: Results of a household survey. The NHS Information Centre for health and social care.

und die nervös vor sich hin stottern, in dem verzweifelten Versuch, das »Richtige« zu sagen. All jenen möchte ich versichern: Allein die Sorge über die richtigen Worte zeigt, dass es einem wichtig ist. Und falls euch in Zukunft jemand mutig von seinem Kampf mit der psychischen Gesundheit berichtet, habe ich meine »beeindruckenden« 526 Instagram-Follower*innen und einige meiner Kolleg*innen bei *Shout* gefragt: Welches Wissen in Bezug auf eure psychische Gesundheit hättet ihr euch von eurem Umfeld gewünscht, als ihr an eurem Tiefpunkt angelangt wart?

»Ich wünschte, sie hätten gewusst, dass es echt ist und wirklich passiert – ich war nicht aufmerksamkeitsgeil und habe auch nicht übertrieben.« Jason

»Die Leute sollten versuchen zu verstehen, dass die psychische Gesundheit, zumindest für mich, ein ständiger Prozess ist – es gibt kein endgültiges Ziel und nicht die eine Lösung.« Trevor

»Dass es nicht für alle gleich aussieht oder sich gleich anfühlt, und dass es jede*n treffen kann.«

»Eine psychische Erkrankung bedeutet nicht, dass ich weniger intelligent bin.« Lee

»Es ist nun mal nicht damit getan, eine Pille zu schlucken, und dann ist man geheilt.« Alice

»Ich wünschte, sie hätten von allein gemerkt, dass nicht alles ›okay‹ ist, auch wenn ich das immer wieder behauptet habe.«

»Die Leute sollen wissen, dass ich nicht einfach schüchtern bin oder keine Lust habe, etwas zu tun. Sondern dass ich es nicht tun kann.« Susanna

»Ich wünschte, sie wüssten, dass ›Alles wird gut‹ nicht hilfreich ist, sondern eher frustrierend.« Natalia

»Ich hatte gute und schlechte Tage – nichts davon war weniger echt.«

»Ich wünschte, ich hätte ihr gesagt, wie sehr mir ihre Unterstützung geholfen hat, und dass mein ›Okay‹ ein ›Danke‹ aus tiefstem Herzen war.«

»Nur weil von außen alles gut wirkt, bedeutet das nicht, dass auch im Inneren alles in Ordnung ist.« Adam

DURCH DIE EHRENAMTLICHE ARBEIT BEI SHOUT WIRD MIR EINS IMMER WIEDER KLAR: **WENN MENSCHEN BESCHLIESSEN,**

SICH ZU ÖFFNEN UND MIR ZU ERZÄHLEN, WAS SIE DURCHMACHEN, BEWEISEN SIE ENORMEN MUT.

Sie gehen bewusst das Risiko ein, als schwach, unintelligent, übertrieben, aufmerksamkeitsgeil (und jede andere oben erwähnte Fehlannahme) abgestempelt zu werden, wenn sie um Hilfe bitten oder vielleicht nur jemanden suchen, der ihnen zuhört. Das ist ein Zeichen von Stärke, nicht von Schwäche.

Es macht einen ganz demütig, von jemand anderem zur Vertrauensperson auserwählt zu werden. Während meiner Arbeit für *Shout* höre ich zu. Ich höre sehr aufmerksam zu und versuche dann anzuerkennen, was die Menschen empfinden. Ich mache mir klar, dass ihre Schwierigkeiten echt sind, ganz gleich wie ich mich vielleicht an ihrer Stelle fühlen würde. Die Lösung ihres Problems ist für sie nicht das Wichtigste. Obwohl wir einen beträchtlichen Schatz an Hilfsmitteln für unsere ehrenamtlichen Berater*innen zur Verfügung haben, erreichen viele der erfolgreichsten Gespräche auf unserer Plattform gar nicht erst das Stadium der Problemlösung. Manchmal ist es die größte Hilfe, wenn ich einfach nur zuhöre und die Gefühle ernst nehme.

Meine Erfahrungen mit *Shout* haben mich gelehrt, dass Menschen bemerkenswert stark und widerstandsfähig sind.

Einige Menschen, mit denen ich im Gespräch war, haben die verheerendsten Situationen überstanden. Mit einem enormen Kampfgeist, der sie zum Weitermachen drängt, stehen sie jeden Tag durch. Das gibt mir Hoffnung. Hoffnung, dass ich es mit etwas Unterstützung ebenfalls schaffen kann, egal wie schwierig mein eigenes Leben auch werden mag. Deshalb ist das Ehrenamt bei *Shout* eine lebensverändernde Erfahrung für mich.

ES WIRD OKAY

FEMINISMUS ALS FORM DER SELBSTHILFE

VON

Scarlett Curtis

JOURNALISTIN, AKTIVISTIN

Laut vielen Gelehrten, die weitaus schlauer sind als ich, hat mein Ururgroßvater das »Selbst« quasi erfunden. Sigmund Freud behauptete nämlich, er habe tief in den Gehirnen aller Menschen primitive, sexuelle und aggressive Kräfte entdeckt. Er war der Ansicht, wir würden alle von gefährlichen Trieben geleitet und seien unseren inneren Ängsten und Begierden schutzlos ausgeliefert. Um diese Triebe zu kontrollieren, entwickelte er etwas, das man »Psychoanalyse« nennt.

Ich bin keine Anhängerin von Freuds Lehren, im Gegenteil. Ich verwende sehr viel Lebenszeit darauf, die Sünden dieses Mannes wiedergutzumachen. (Immerhin glaubte er, klitorale Orgasmen wären ein Zeichen mangelnder Reife und weibliche Masturbation ein Symptom von Hysterie.) Aber in letzter Zeit treibt mich die Frage um, wie ein einziger Mann es fertiggebracht hat, die Art, wie wir über das »Selbst« denken, derart zu revolutionieren.

Über Freuds Theorien wurde deutlich mehr geschrieben, als über die Ergüsse eines einzelnen Menschen je hätte geschrieben werden sollen. Es ist jedoch schwer zu leugnen, dass seine Forschungen den Grundstein für gewisse Tendenzen gelegt haben, die unsere heutige Welt prägen. Die Idee eines »Selbst« auf der Suche nach der Befriedigung seiner Triebe führte zu einer Zunahme von Werbung und Konsum, zu der Art Politik, wie wir sie heute in der westlichen Welt erleben, und zum Hyperindividualismus. Außerdem befeuerte sie alle möglichen Konzepte, wie sie noch heute von Therapeut*innen, Psycholog*innen und Selbsthilfebüchern angewandt werden.

Dieses Buch hier ist vieles, aber eins ist es nicht: ein Selbsthilfebuch. Davon habe ich in meinem Leben eine Menge gelesen (eine besorgniserregende Menge, das Ganze grenzt fast schon an Besessenheit). Und auch wenn mir ihre Cover weiterhin EIN NEUES ICH versprechen, sitzt das alte Ich immer noch hier, zerbeult und zerschrammt, und behält diese Bücher nur, damit keine Lücken im nach Farben sortierten Regal entstehen.

In den Jahren meiner Ratgeber-Obsession schrieb ich mir jeden Abend eine To-do-Liste: eine Anhäufung selbstkasteiender Wünsche und Anweisungen. Dabei gab es zweihundert Dinge, von denen ich dachte, dass ich sie tun sollte, und nur zwei, zu denen ich mich tatsächlich in der Lage fühlte: weinen und schlafen. Die ersten Punkte auf meiner Liste waren immer: aufwachen, raus aus dem Bett, Zähne putzen, durchatmen, anziehen, Deo benutzen. Dann folgten einige Aktivitäten, durch die ich mich den Selbsthilfebüchern zufolge besser fühlen würde: Meditation, Yoga, Moodboards, das Visualisieren meiner Zukunft. Jeden Tag scheiterte ich und jeden Tag versuchte ich es aufs Neue. Ich gestaltete ein Moodboard nach dem anderen und formulierte unzählige Mantras. Eines Abends verbrannte ich sogar alles, was mich an die Vergangenheit erinnerte. Nichts davon half. Nichts davon machte irgendetwas besser. Und meine Mum ist immer noch sauer wegen des Feuers.

Nach sehr langer Zeit, in der ich mich ständig fragte, warum die ganze Meditation und Selbstverwirklichung mich nicht aus dem Loch hieven konnte, dämmerte mir, was das Problem war: Ich wollte nicht um meiner selbst willen gesund werden. Mein Selbstwertgefühl war dermaßen im Keller, dass die Vorstellung, für Scarlett Kate Freud Curtis glücklicher zu werden, für mich einfach kein Anreiz war. Ich war nicht am Selbst interessiert, ich war nicht daran interessiert, dass es mir persönlich besser ging, ich war nicht mal mehr besonders daran interessiert, überhaupt zu leben.

Kaputt wie ich war, suchte ich eines nasskalten Tages in einer Buchhandlung einen Weg aus der Dunkelheit. Nach Jahren mit Therapie, Yoga, Massagen, Kristallen, Akupunktur und unzähligen Selbsthilfebüchern stieß ich im staubigen Hinterzimmer dieses Londoner Buchladens auf das eine Selbsthilfebuch, das alles veränderte: *Rassismus und Sexismus – Schwarze Frauen und Klassenkampf in den USA* von Angela Davis. Und ich bin ziemlich sicher, dass es nicht als Selbsthilfebuch gedacht war.

Zwischen den Seiten entdeckte ich etwas, für das es sich zu leben lohnte. Für mich allein war ich nicht bereit zu kämpfen, aber nun hatte ich etwas anderes gefunden. Etwas, das größer war als ich und lauter als die Stimmen in meinem Kopf. Diese betörende Kraft nannte sich Feminismus, und wie die verführerischsten aller Liebhaber*innen gab er mir den Willen, gesund zu werden, um Teil seiner Welt sein zu können.

Ich warf meine To-do-Listen weg und schwor mir, stark genug zu werden, um Mitglied dieser Bewegung sein zu können. Diese wunderschöne Bewegung drehte sich nicht um mich. Sie scherte sich gar nicht so sehr um einzelne kleine *weiße* Mittelschichtmädchen. Stattdessen ging es darum, sich mit anderen Menschen von überall her zusammenzuschließen, um eine bessere Welt für alle zu erschaffen, unabhängig vom Geschlecht. Ich hatte etwas, für das es sich zu kämpfen lohnte, und das waren weder mein Leben noch mein Gehirn noch mein Selbstbild. Es war ein kollektives Selbst, dem ich mich anschließen konnte. Und zum ersten Mal nach sieben sehr einsamen Jahren fühlte ich mich als Teil von etwas.

Wie eine kleine streunende Katze, die auszieht, einen Adler zu fangen – so begann ich allmählich, meine Ängste zu überwinden, um meine eigene Mission zu verfolgen. Ich zog nach New York. Und nach Jahren, in denen ich Schweißausbrüche bekommen hatte, wenn ich mit jemandem außerhalb meiner Familie hatte sprechen müssen, traf ich mich mit einer ganzen Gemeinschaft von Aktivist*innen in einem Wohnzimmer in Harlem. Ich fand Freund*innen, wundervolle Freund*innen. Sie zeigten mir, dass diese Bewegung für jede*n anders aussieht und dass Kämpfen manchmal eben auch bedeutet, zu lernen und zuzuhören. Ich fuhr sieben Stunden mit dem Bus von New York nach Washington, D.C., zum Women's March, stand dicht an dicht mit vielen anderen Frauen, die ebenfalls Veränderung forderten. Ich las und las und lernte und lernte und warf alles über den Haufen, was ich bisher über die wahre Bedeutung von Privilegien, Gleichheit und Emanzipation zu wissen geglaubt hatte.

Eine Depression redet dir ein, du wärst allein und würdest es immer bleiben. Sie überzeugt dich, dass dein Gehirn ein Gefängnis ist, in das du andere Menschen mit einsperrst, sobald du dich ihnen öffnest – weshalb du es für das Beste hältst, einfach niemanden an dich heranzulassen.

Der Feminismus hat mir das Gefühl gegeben, dass ich Teil von etwas bin, ein kleiner Teil von etwas Riesigem, Denkwürdigem. Feminismus hat mir Freund*innen und Feind*innen beschert und half mir zu verstehen, wo mein Platz auf dieser Welt ist – besser, als ich es mir je erträumt hätte.

Feminismus ist meine Form der Selbsthilfe. Und hat dabei nichts mit dem Selbst zu tun. Ehrlich gesagt glaube ich nicht, dass die Menschen so ichbezogen sind, wie immer behauptet wird. Wir tun viele selbstsüchtige Dinge, aber wir tun auch viele wunderbare, vollkommen selbstlose Dinge. Wir schließen uns Bewegungen an, die sich für die Rechte anderer einsetzen, wir unterschreiben Petitionen, gehen auf Demos, und wir treffen uns in Wohnzimmern und Kellern, wo wir Pläne schmieden, um Gesetze zu ändern und die Welt zu retten.

Sigmund Freud mag geglaubt haben, dass wir alle von egoistischen Idealen und Trieben gesteuert werden. Aber ich denke, dass er nie verstanden hat, was Audre Lorde beinahe ein Jahrhundert nach seinem Tod so treffend in Worte gefasst hat:

ICH BIN NICHT FREI, SOLANGE NOCH EINE EINZIGE FRAU UNFREI IST, AUCH WENN SIE GANZ ANDERE FESSELN TRÄGT ALS ICH.

Ich glaube nicht, dass es bloß unsere Begierden oder der Wunsch nach Selbstoptimierung und Individualität sind, die uns motivieren. Wenn ich die ganzen Beiträge in diesem Buch lese, sehe ich eine Gruppe von Menschen vor mir, angetrieben von gemeinsamen Idealen. Sie teilen ein kollektives Verständnis davon, was ihr Menschsein bedeutet: ein kleiner Punkt in einem Netz anderer zu sein, die alle das Recht auf grundlegende Freiheiten haben.

1689 schrieb der Philosoph John Locke: »Die Nothwendigkeit [sic], das wahre Glück zu suchen, ist die Grundlage der Freiheit.« Ich persönlich finde nicht, dass Menschen ein Recht auf Glück haben. Das ist ein flüchtiger Zustand, ein vergänglicher, den man auskosten, aber nicht erwarten kann. Wir haben kein Recht auf Glück, aber wir haben ein Recht auf eine Bestimmung. Wir haben ein Recht auf Gesellschaft. Wir haben ein Recht darauf, uns nicht so zu fühlen, als wäre das Leben es nicht wert, gelebt zu werden. Wir haben das Recht, okay zu sein.

FEMINISMUS HAT MIR ETWAS GEGEBEN, FÜR DAS ICH GESUND WERDEN WOLLTE. SO EINFACH IST DAS. ER HAT WEDER MEINE PTBS GEHEILT NOCH MEINE ÄNGSTE VERSCHWINDEN LASSEN, ABER ER HAT EIN STREICHHOLZ AM ENDE DES TUNNELS ENTZÜNDET, IN DEM ICH SIEBEN JAHRE LANG FESTGESESSEN HABE, **UND MIR EINEN WEG NACH DRAUSSEN GEZEIGT.**

YOLOOO, BIIIIITCH

VON

Kathrin Fricke aka Coldmirror

WEBVIDEOPRODUZENTIN, KÜNSTLERIN

Ich frag mich manchmal, warum es überhaupt Depressionen gibt. Was ist der Sinn dahinter? Das scheint mir ja doch sehr kontraproduktiv fürs Überleben zu sein, wenn man aufhört, sich um sein eigenes Leben zu kümmern. Hey, Evolution, was war das denn für ein Plan, hä?

Wenn mein Körper durch Krankheit geschwächt ist und alles runterfährt, dann, weil er versucht sich selbst zu heilen …? Scheiße, ich bin kein Arzt, aber ich behaupte jetzt einfach mal, das ist eine Überlebensreaktion, es ist sinnvoll, auch wenn es sich blöd anfühlt. Und irgendwie bin ich zu dem Schluss gekommen, dass meine Depression THEORETISCH Sinn ergibt. Es ist eine krankhafte Ausgeglichenheit. Ich habe eine immerwährende »Na, mal sehen«-Einstellung zu allen Dingen. Ich werde nie ausrasten vor Freude, aber mich auch durch schlimme Ereignisse nicht zerstören lassen.

»Bedenke stets, dass alles vergänglich ist. Dann wirst du im Glück nicht zu fröhlich und im Leid nicht zu traurig sein.«

OMG, das ist so Sokrates, Mann.

Vor Tausenden Jahren haben Philosophen das schon gedacht. Ich wette, davor auch, nur eben nicht auf Papier oder Lehmtafeln festgehalten, sondern … in getrockneten Kuhmist gemalt oder so.

Meine Depression ist eine Notfallreaktion meines Gehirns, um zu überleben. Egal ob die Sache, auf die es reagiert, vor einer Woche passiert ist, vor einem Jahr, vor 10 Jahren, vor über 20 Jahren, in meinem Kopf ist der Notfallhebel leider zu irgendeinem Zeitpunkt abgebrochen. Und um nicht von diesem konstanten Alarm im Kopf überwältigt zu werden, wird meine Fähigkeit, auf Reize mit Gefühlen zu reagieren, abgeschaltet beziehungsweise deutlich geschwächt. Das ist etwas Gutes, denn der Kopf sagt: »Hey, hey, cool bleiben, cool bleiben!«

Das ist, wie erwähnt, THEORETISCH sinnvoll.

Mein Problem ist … ich bin ZU COOL. Wenn aus dem »cool bleiben« im Kopf irgendwann ein »ich fühle keine Freude mehr« wird, dann will man, dass es aufhört. Auf die eine oder andere Weise.

ICH HATTE LANGE ZEIT DIE FÄLSCHLICHE VORSTELLUNG, DASS **PSYCHISCH GESUND ZU SEIN BEDEUTET, GLÜCKLICH ZU SEIN. ABER DAS IST DÄMLICH,** NIEMAND IST PERMANENT GLÜCKLICH.

Irgendwas ist ja immer. Aber wie zum Geier erkenn ich denn, ob ich psychisch gesund bin oder nicht?

IRGENDWO™ hab ich mal eine Tabelle gesehen, anhand der erklärt wurde, wie man Schmerz einschätzt, mit gelbem superhappy Smiley ganz oben und roten traurigen Gesichtern unten.

Im Gegensatz zu einem blutenden Finger sind seelische Krankheiten unsichtbar, die Symptome sind es aber nicht. Mir hat geholfen, sie in Stufen zu unterteilen, wie in dieser blöden Smiley-Schmerz-Tabelle. Bei einer Depression ersetzt man natürlich das Wort »Schmerz« durch etwas anderes, ich nenne es jetzt mal ganz kreativ »die dunklen Gedanken«:

- Ich habe keine dunklen Gedanken, fühl mich gut und ich kann alles!
- Die dunklen Gedanken beeinflussen mich kaum und ich schaffe das meiste.
- Die dunklen Gedanken sind unangenehm, aber ich schone mich und schaffe ein bisschen.
- Die dunklen Gedanken stören mich und ich schaffe es deshalb überhaupt nicht, die Dinge zu machen, die ich wollte.
- Ich habe so viele dunkle Gedanken, dass ich es gar nicht mehr aushalte.
- Ich bin so stark von den dunklen Gedanken eingenommen, dass ich keinen Sinn darin sehe, damit weiterzuleben.
- Ich versuche aktiv mir das Leben zu nehmen, da ich es mit diese dunklen Gedanken nicht länger ertrage.

Ich habe erst viel zu spät gemerkt, dass es nicht normal ist, als Kind jeden Tag an den Tod zu denken. Als Kind wird dir gesagt, wenn du erst mal aus der Pubertät raus bist, dann geht das weg. Es ist normal, sich schlecht zu fühlen, weil sich der Körper/die Hormone verändern, in der Gefühlswelt ist ein großes Kuddelmuddel. Dann war ich aber aus der Pubertät raus und es war nicht vorbei, sondern diese Sache in meinem Kopf war immer noch da. Aber meine Kindheit und Jugend waren weg. Teile meines Gehirns, die sich in dieser Zeit entwickeln sollten, sind teilweise irreparabel beschädigt.

Ich habe fälschlicherweise in meiner Jugend angenommen, dass diese lähmende Sinnlosigkeit meines Lebens ein angeblich ganz normales Gefühl war. Und dann kam der Tag, an dem ich nicht mehr daran gedacht habe, ob ich mich umbringe, sondern wie ich mich umbringe.

Ich erinnere mich an den Tag, an dem ich ohne Tränen und ohne viel Gefühl ganz sachlich beschlossen habe, dass Weiterleben keinen Sinn hat. Ich erinnere mich, wie ich meinen Tod geplant habe, auf den Tag gewartet habe, an dem alle weg sind, damit ich nicht gestört werde und damit nicht irgendjemand noch versucht mich zu retten. Und dann ist doch etwas dazwischengekommen, ich war ENTTÄUSCHT, dass mein Leben weiterging.

Nun, offensichtlich lebe ich immer noch, sonst würde ich nicht diesen Text schreiben. Für mich war Älterwerden sehr surreal. Ich hätte nie gedacht, dass ich mal 30 werde, hatte ich nie geplant. Gut gemacht, Vergangenheits-Ich. Danke, dass du weitergemacht hast.

Erst als ich erwachsen war, habe ich realisiert, viel zu spät, dass man das, was ich hatte, Depression nennt. Es klingt merkwürdig, aber den allergrößten Aha-Moment hatte ich, als ich die Leiche meiner kleinen Schwester gesehen habe. Ihr Tod war so traurig für mich und so zerstörend, dass ich gemerkt habe: »Diese Trauer ist zu schmerzhaft. Ich will nicht, dass sie tot ist, sie ist meine beste Freundin, sie ist das Einzige, was ich Familie nenne.« Und trotzdem war dieses Gefühl, diese unfassbare Trauer, vorübergehend. Es hat zwar Jahre gedauert, bis ich über sie reden konnte, ohne zu weinen, aber die Trauer war etwas anderes als die Depression. All die anderen Gefühle konnte ich danach ausrichten und es gab immer mehr Tage, an denen ich mich okay gefühlt habe. Es ist wie eine Linie, die ich betrachten kann und die ich als Richtwert benutze. Und dann ist mir klar geworden: Diese Trauer führt nicht dazu, dass ich mich umbringen will. Durch diesen Richtwert habe ich erkannt, dass das, was ich vorher hatte, eine Krankheit war. Das, was für mich Normalität war, die Sinnlosigkeit, diese dunklen Gedanken, war nicht normal.

Ich sehe Fotos von mir aus dieser Zeit und manche schauen vielleicht Bilder von sich in jungen Jahren an und denken »Wow ich war so hübsch und schlank und gut aussehend, hach jaaa, noch einmal jung sein«. Bei mir ist genau das Gegenteil der Fall. Ich sehe die schlechtesten Jahre meines Lebens, die ich nicht noch einmal erleben möchte. Ich sehe die Person, die nichts mehr isst, die sich im Zimmer einschließt, weil allein allein sein sich besser anfühlt, als unter Menschen allein zu sein, die sich nicht pflegt, weil sie sowieso niemandem gefallen wird, die nicht mehr zur Schule geht, weil sie nie so gut sein wird wie die anderen, die den ganzen Tag Musik hört und Serien guckt, weil es das Einzige ist, was die Realität erträglich macht. Alles, was mich auch nur ein wenig glücklich gemacht hat, war aber lächerlich und sinnlos.

Ich möchte mein Ich aus der Vergangenheit in den Arm nehmen und sagen: »Sinnlos vor sich hin leben ist RICHTIG GEIL, Alter, es wird nicht happy happy joy joy perfekt, aber teilweise wirklich gut. Du wirst es mögen zu existieren! Du wirst Leute kennenlernen, die dich verstehen, die so sind wie du, du wirst das machen können, was du willst, existier bitte einfach nur ein kleines bisschen weiter. Das, was du jetzt denkst, ist kein Dauerzustand. Die Lebenssituation, in der du jetzt gerade bist, ist kein Dauerzustand. Es wird Jahre dauern, aber es wird besser werden. Und wenn Leute dich fragen, wie es dir geht, dann wirst du sagen ›ganz gut‹ und es wird endlich die Wahrheit sein, wenn du es aussprichst. Denk bloß nicht, dass du allein bist und dass deine Träume sinnlos sind und dass dich keiner verstehen wird. Es gibt Abertausende Menschen, die so denken wie du, die das Gleiche fühlen wie du, die am Abgrund stehen und die dunkle Gedanken haben. Geh bloß nicht in den Abgrund, geh jeden anderen Weg. Nimm den kraxeligen Trampelpfad, tritt in Hundescheiße, stolpere über Steine, fall in eine Pfütze, steh wieder auf und geh immer weiter weg vom Abgrund. Du musst nicht den schönen gepflasterten Weg gehen, den alle nehmen, den man dir zeigt, der angeblich so einfach ist. Nimm ruhig den Weg, der dir gefällt. Wenn du nicht weißt wohin, geh irgendwohin, ohne Ziel, das ist auch cool. Ich wusste NIE, wo ich hingehe!

DAS IST DAS GEHEIMNIS. **ICH HAB KEINEN PLAN, NIEMAND HAT EINEN PLAN.** MANCHMAL IST DAS LEBEN EIN WEG, DER INS UNGEWISSE FÜHRT, AUCH SCHÖN. **UND DU WIRST ÜBERALL ETWAS SCHÖNERES FINDEN ALS IN DIESEM ABGRUND, OKAY?**

Der Tod wird uns alle schon irgendwann von allein finden, also YOLOOO, BIIIIITCH, carpe diem, carpe noctem, esse est percipi, no risk no fun, das is mein Motto!!!«

Das würd ich zu mir sagen. Genau in diesem Wortlaut.

Mittlerweile lebe ich relativ gut mit den dunklen Gedanken, die ab und zu auftauchen, aber von denen ich weiß, dass sie auch wieder verschwinden. Es geht nicht darum, die Depression heroisch zu bekämpfen, sodass sie für immer weg ist, sondern sie zu akzeptieren und das eigene Gehirn darum herum zu formen.

Vor einigen Jahren hätte ich nicht darüber sprechen können, ohne dabei die Angst zu empfinden, abgewiesen zu werden. Anderen zu gefallen, egal ob potenzielle Freundinnen und Freunde oder berufliche Bekannte, war wichtiger als meine mentale Gesundheit – denn die preiszugeben hätte die Leute vielleicht abgeschreckt.

Ich hatte Angst, dass es mir nicht schlecht GENUG ging, denn immerhin wollte ich mich ja nicht mehr umbringen. Ich hatte nur keine wirkliche Lust, weiterzuleben. BREAKING NEWS: »Zumindest will ich mich nicht umbringen« ist KEIN guter, gesunder Gedanke.

Es hat lange gedauert, bis ich kapiert habe, dass ich nichts dafür kann, wenn ich mich schlecht fühle, und dass andere nicht Gedanken lesen können. Darüber reden ist … echt wichtig. Das muss nicht mal jemand Professionelles sein. Man muss nicht ALLES ausschütten, es reicht zu sagen »Ich hab wieder blöde Gedanken, ich hab keine Energie«.

Es gibt nicht DIE Lösung, mit der man eine Depression »besiegen« kann. Da gibt es nichts zu besiegen, dann müsste man ja das ganze Gehirn austauschen, es gibt keine Garantie auf Sofortheilung. Es ist kein Riesensprung aus dem Abgrund heraus und POOF HAPPY SUNSHINE mir gehts wieder gut, weil ich plötzlich positiv denke, sondern es sind winzige Schritte durch die Dunkelheit, die man aber langsam kennenlernt und durch die man jeden Tag leichter navigieren kann.

An schlechten Tagen baut mein Kopf Blockaden in der Dunkelheit auf, die ich manchmal nicht selbst durchbrechen kann. Dann fällt es mir schwer, mich selbst zu pflegen, mir fällt es schwer, Dinge zu tun, die für andere total einfach sind, und ich schlafe schlecht, weil zu viel in meinem Kopf passiert.

Es fällt mir schwer, das Leben zu mögen. Und dann kommt jemand, der diese Blockaden sieht und mich ermutigt weiterzumachen. Mein Freund hilft mir SEHR damit, wenn er einfach anbietet für mich Essen zu kochen oder etwas einzukaufen oder mir vorschlägt, Serien zu schauen. Er erinnert mich dann ganz nüchtern daran, dass ich mich ausruhen muss. Und meistens hilft das sogar. Es wird keine Lösung gesucht, damit ich happy sein kann, sondern es wird versucht, weiter zu SEIN. Erst mal was essen, erst mal was schauen, erst mal Ablenkung, erst mal einfach existieren.

Ich bin sehr dankbar, wenn ich nicht dafür verurteilt werde, dass ich anders ticke. Ich verbrauche mehr Energie für alles, und was für andere selbstverständlich und einfach ist, bedeutet für mich schon die Hälfte der Batterieladung. Ich muss mir täglich einteilen, für was ich meine Energie benutze, und manchmal fängt man eben den Tag mit kaputter Batterie an.

Meine Depression hat sich einmal bei einer ganz kleinen Sache am deutlichsten gezeigt: jedes Mal, wenn ich meine

Haare waschen musste. Mein Gedankenkonstrukt war dann: »Wenn meine Haare nass sind, muss ich sie auch föhnen. Wenn ich sie föhne, dann muss ich sie auch kämmen. Wenn ich sie kämme, dann landen Haare auf dem Boden und ich muss durchsaugen. Wenn ich durchsauge, dann schwitze ich. Wenn ich schwitze, muss ich danach wieder duschen. Wie wärs, wenn ich gar nicht dusche? Ich zieh mir einfach nur frische Klamotten an. Mist, ich muss ja noch Wäsche waschen. Aber wenn ich jetzt Wäsche wasche, dann ... aahhhhhh!!«.

In meinem Kopf wurde die Situation eine Aneinanderreihung von so vielen kleinen Dingen, die alle meine kostbare wenige Energie in meiner kaputten Batterie verbrauchten, dass der Aufwand zu groß schien und das Ziel »saubere Haare haben« im Vergleich dazu unwichtig und sinnlos. Dabei musste ich nur lernen, dass ich Energie auch wieder laden kann. Saubere Haare haben fühlt sich gut an. Mach erst mal nur eine Sache.

Ich habe mittlerweile diverse Rituale, die ich täglich durchführe, damit ich funktionieren kann.

Was am Anfang schwer war, fällt mir heute ganz leicht und macht sogar Spaß, wie zum Beispiel regelmäßig duschen.

Es fängt an mit einem neuen Duschvorhang oder einem Shampoo, das nach Marshmallows riecht. Diverse Dinge des Alltags muss man im Kopf umprogrammieren, damit aus »o nein, das muss ich jetzt auch noch machen« eine Sache wird, die man mag.

Ich glaube, es hängt auch ein bisschen damit zusammen, dass einem immer eingeredet wird, dass jeden Tag das Gleiche zu machen und langweilige Routine etwas total Doofes ist.

Alter, ich STEH auf Beständigkeit und Routine. Ich brauche das!

Durch Routine kann ich dunkle Gedanken ausblenden und wenn sie doch schlimmer werden, dann hilft es, das Gehirn mit etwas anderem zu beschäftigen. Ich erkenne die dunklen Gedanken, erkenne, dass sie eine Krankheit sind und mich nicht ausmachen. Ich akzeptiere sie und erinnere mich daran, wie ich mit ihnen umgehen muss, damit sie weggehen, und lenke den Fokus auf etwas anderes, egal was. Es hat mir immens geholfen, mich kreativ zu betätigen, egal ob zeichnen, schreiben, Musik hören, um in eine andere Stimmung zu kommen, etwas mit meinen Händen machen, aufräumen oder einfach stumpf die Realität verlassen und in eine andere abtauchen, am liebsten in fiktive Welten.

Egal ob *Raumschiff Enterprise*, *Harry Potter* oder die fucking *Ninja Turtles*, seit ich klein bin, habe ich irgendwie eine starke Verbindung zu diversen Fandoms. Es klingt so merkwürdig und irgendwie lächerlich, aber *Harry Potter*-Bücher zu lesen, die Filme zu schauen und mich mit anderen online darüber auszutauschen war damals das Einzige, was mich glücklich gemacht hat, in einer Zeit, in der ich es gehasst habe, am Leben zu sein.

Es war zur Abwechslung mal eine angenehme Vorstellung der Zukunft in meinem Kopf, ich hab mich auf neue Bücher gefreut. Es war Hoffnung und Vorfreude, die ich empfunden habe, das waren Gefühle, die ich fast schon vergessen hatte. Plötzlich war da diese nette kleine, magische Welt, in die ich flüchten konnte, und der Gedanke, dass es neue Bücher und Filme geben wird, wurde zum hellen kleinen Lichtpunkt in der Dunkelheit. Klar wusste ich, dass das nicht gut war, nur in Kopfwelten zu leben – aber es war der einzige Grund, überhaupt zu leben, und gleichzeitig war es mein Anker für die Realität, in der ich dann doch etwas länger bleiben mochte.

Und da war dann diese riesige Community aus Leuten, die genau das Gleiche mochten wie ich, ich war nicht mehr merkwürdig, weil ich mich intensiv mit einem Thema befasst habe. Ich wollte zu dem Fandom beitragen, habe Geschichten geschrieben, Bilder gezeichnet, Videos gemacht, ich habe meine kreativen Muskeln an diesem schon vorhandenen Material trainieren können und festgestellt – ich bin … gut in etwas? Ich bin fleißig? Kreativ? Talentiert? Es gibt Leute, die sind Fan von MIR? WHAT??!!

Es war irgendwie schön zu wissen, dass ich mit meiner Art zu denken nicht alleine bin, dass ich sehr, sehr viele Gleichgesinnte habe, die meinen Humor teilen und die tatsächlich mögen, was ich mache – dabei hatte ich doch recht wenig Selbstwertgefühl und dachte immer »Ich kann nichts außer Quatsch machen«.

Und ich freue mich, wenn ich heute jungen Leuten begegne, die sich ähnlich fühlen wie ich, als ich klein war, die sich irgendwie in der Welt verloren fühlen und nichts haben außer ihrem Fandom, die meine Videos schauen und inspiriert sind mir nachzueifern. Ich hab mich eigentlich nie als »Star« gesehen, eher als einen verzweifelten Fan, der ungewollt bekannt geworden ist. Und das ist für mich eine große Ehre – dass ich andere inspiriere und Leuten etwas geben kann, womit sie selbst ihre kreativen Muskeln trainieren können, so wie es bei mir damals mit Harry Potter war.

Zu wissen, dass es extrem vielen Leuten auf der ganzen Welt so geht wie mir, hat mir irgendwie Kraft gegeben. Es ist nicht meine Schuld, ich bin nicht faul, nicht schlampig, nicht unnütz, nicht sinnlos. Ich mache sogar ziemlich viel, dafür, dass meine Batterie schon so kaputt ist und schneller leer wird.

Es geht nicht darum, mich selbst zu lieben, sondern es zu lieben, ich selbst zu sein. Es ist egal, wie ich bin, es ist wichtig, wie das Leben für mich ist, was mir am meisten Freude bereitet. Nicht wozu ich gut in der Welt bin, sondern was in der Welt für mich gut ist.

MEIN ZIEL IM LEBEN IST NICHT MEHR, ANDERE LEUTE ZUFRIEDENZUSTELLEN, SONDERN **MEIN LEBEN FÜR MICH LEBENSWERT ZU MACHEN.**

MANCHMAL KANN ANDERE MENSCHEN ZU ENTTÄUSCHEN DIE BESTE ENTSCHEIDUNG DES LEBENS SEIN.

Meilensteine meines Lebens sind völlig anders als die von anderen. Ey, ich liebe es, mittelmäßig und sinnlos zu leben, der Tod wird uns alle schon irgendwann von allein finden, also YOLOOO, BIIIIITCH, carpe diem, carpe noctem, esse est percipi, no risk no fun, das is mein Motto!!!

HAPPY, NOT PERFECT

VON

Poppy Jamie

GRÜNDERIN VON »HAPPY NOT PERFECT«

Schon als ich ein kleines Mädchen war, haben Leute mir oft gesagt: »Du bist der fröhlichste Mensch, den ich kenne.« Oder: »Du hast so viel Energie!« Auch wenn das mitunter stimmt, ist es sehr häufig auch nicht der Fall. Auf meine höchsten Höhenflüge folgen tiefe Tiefpunkte, die manchmal nach ein paar Minuten oder Stunden vorbei sind, sich aber genauso gut über Tage und Wochen hinziehen können. Das ist die Krux mit der psychischen Gesundheit: Sie ist empfindlich, instabil, unberechenbar und irrational. An manchen Tagen ist das, was ich in einem Meeting, in meinem sozialen Umfeld oder online ausstrahle, weit davon entfernt, wie es wirklich in mir aussieht. Als ich vor ein paar Jahren anfing, mich mehr mit dem Thema zu beschäftigen, wurde mir schnell klar, dass ich damit nicht allein war. Es ist praktisch unmöglich, die Psyche einer anderen Person zu verstehen. Man sagt, »Jeder Mensch, dem wir begegnen, kämpft einen Kampf, über den wir nichts wissen«. Und das könnte wahrer nicht sein.

Hier folgen ein paar meiner Tagebucheinträge, um meine Gedanken der letzten zwei Jahre ungefiltert zu teilen:

01. Januar 2017

In Identitäten sind wir gefangen,
geformt vor langer Zeit.
Sie überzustülpen dauert Sekunden,
sie loszuwerden Jahre.
Wie das Leben wohl wäre, sähen wir's nicht als Gefahr,
ein ganzes Jahr lang wir selbst zu sein?

Meinen absoluten Tiefpunkt erreichte ich mit etwa fünfundzwanzig. Bei genauerer Betrachtung war das wenig überraschend. Ich lebte mit Ängsten, Sorgen und extremem Perfektionismus, sie waren wie Mitbewohner, die nie Ruhe gaben. Meine negativen Gedanken klangen wie eine Platte in Dauerschleife, und mein Bedürfnis, anderen zu gefallen, war so stark wie nie. In meinen Augen war nichts, was ich tat, gut genug, ich sah nie gut genug aus, und ich war die Peinlichkeit in Person. Mein Selbstwertgefühl war praktisch nicht vorhanden, also gierte ich nach Bestätigung von außen, als wäre sie Luft zum Atmen. In diesem Zustand fing ich an, mit einem Menschen zusammenzuarbeiten, der meine dunkelsten Ängste heraufbeschwor. Zwar war das eine Person, die ich zutiefst bewunderte, aber sie neigte dazu, extrem negativ zu sein. Und bald wurde klar, dass ich ihren Ansprüchen nicht genügte. Das brach mir das Herz, denn es zeigte mir, dass mein negatives Selbstbild nicht nur meine eigene, innere Realität war. Es wurde mir von außen zurückgespiegelt. Jeden Tag wurde ich mit meiner größten Angst konfrontiert: Ich war unerwünscht und nicht gut genug.

27. September 2017

Ich hätte heute in all meinen Meetings am liebsten einfach nur geheult.

Ich brach zusammen. Nach sechs Monaten, in denen ich verzweifelt versuchte, Bestätigung von dieser Person in meinem Berufsleben zu bekommen, mich vergeblich danach sehnte, ein »klasse gemacht« oder »gute Arbeit« zu hören. Ich weiß, das klingt vielleicht banal, aber tief in uns drin haben wir den Wunsch, akzeptiert und geliebt zu werden. Diese lähmende Zurückweisung in Kombination mit chronischem Stress, Angst und Schlaflosigkeit zwang mich in die Knie. Eines Morgens lag ich einfach im Bett, ohne jegliche Energie, unfähig, mich zu bewegen, mit einem Blähbauch, als wäre ich schwanger. Ich lernte eine der wichtigsten Lektionen meines Lebens: Psychische und körperliche Gesundheit lassen sich nicht trennen. Ich stand vor einem riesigen Stoppschild. Mein Geist und mein Körper hatten kapituliert. Rückblickend bin ich ihnen dafür enorm dankbar. Emotionen sind starke Signale, und viel zu lange hatte ich zu wenig Mitgefühl mit mir selbst gehabt und meine Sorgen und Ängste ignoriert. Sie hatten sich in tiefe Traurigkeit verwandelt. Nun erhielt ich die deutliche Botschaft, dass sich etwas ändern musste.

22. Juni 2017

Ich bin nervös, aber ich weiß nicht, warum. Mir sitzt so ein furchtbarer Druck auf Brust und Bauch und ich habe überhaupt keine Lust auf dieses Festival morgen. Stattdessen habe ich unheimliche Angst, dazustehen wie die letzte Idiotin, wie eine Außenseiterin. Erinnert mich an schreckliche Phasen, in denen ich das fünfte bzw. siebte Rad am Wagen war. Argh, ätzend. In letzter Zeit habe ich mich so verkrochen, dass ich ganz vergessen habe, wie man mit anderen Menschen redet. Ohne Witz, ich kann eigentlich nur über meinen Job sprechen, Arbeit, Arbeit und noch mehr Arbeit. Und damit langweile ich alle zu Tode. O Gott, ich bin echt so eine Langweilerin.

Der Zusammenbruch war der Beginn meiner Entdeckungsreise in die eigene Psyche. Ich beschloss, mich der Aufgabe zu widmen, das Gehirn besser zu verstehen. Ich wollte anderen helfen, denen es ähnlich erging wie mir. Und so entstand die Welt von *Happy Not Perfect* … Wir entwickelten eine App und Produkte voller Infos, Werkzeuge und Techniken, mit deren Hilfe sich alle um ihre psychische Gesundheit kümmern können.

Das Happiness-Workout in der Happy-Not-Perfect-App war meine Rettung. Mittlerweile ist es ein unverzichtbares Ritual, das ich jeden Tag nach dem Aufwachen und vor dem Schlafengehen durchführe. Es hilft mir, mich zu entspannen und mich auf gute Gedanken zu konzentrieren, egal, was gerade los ist.

Die täglichen Atemübungen, die Tagebucheinträge, die Listen mit Sachen, für die ich dankbar bin, die Übungen zum Selbstmitgefühl und die kurzen Meditationen sind meine Strategie zu mehr Achtsamkeit und Balance.

Mithilfe der App reflektiere und verarbeite ich Dinge oder sehe sie in einem anderen Licht. Dadurch kann ich im Alltag gelassener reagieren. Und ich vermeide dieses Gefühl von überwältigendem, lähmendem Chaos.

Genau wie die körperliche Gesundheit erfordert auch die geistige unsere lebenslange Hingabe. Für mich hat meine

Psyche Priorität. Ich merke sofort, wenn ich das mal schleifen lasse.

Als Unternehmerin bin ich tagtäglich Stürmen ausgesetzt. Und wenn ich mich mal wieder frage, warum ich mir diesen Weg ausgesucht habe, erinnere ich mich daran, dass mein Team und ich das hier für alle tun. Um allen Menschen Mittel an die Hand zu geben, mit denen sie sich um ihre psychische Gesundheit kümmern können. Damit alle mit ihren düsteren Tagen umzugehen lernen und die strahlenden noch strahlender machen können.

UND WENN WIR BLOSS EINER PERSON HELFEN KÖNNEN, EINEN DÜSTEREN TAG IN EINEN STRAHLENDEN ZU VERWANDELN, DANN HAT ES SICH SCHON GELOHNT. DAS GIBT MIR DIE KRAFT, DIE ICH BRAUCHE, UM DURCHZUHALTEN.

ICH SUCHE MICH AM LETZTEN ORT, AN DEM ICH MICH GESEHEN HABE

VON

Lucia Lucia

POETRY-SLAMMERIN

Sechzehn Tage.

Wo wollen Sie hin?, fragt mich die Website des Reiseanbieters und suggeriert mir unaufdringlich, in sieben sich plötzlich öffnenden Fenstern, alle Orte, an denen wir zwei einmal glücklich waren. Dann, wenige Sekunden später, als meine Maus noch immer unentschlossen über dem Eingabefeld der Suchleiste schwebt, in sieben weiteren sich plötzlich öffnenden Fenstern sieben weitere Orte, die wohl auch anderen gefallen haben sollen, die zuvor wohl an ähnlichen Orten einmal glücklich gewesen sein sollen wie wir – und verzweifelt versuche ich, an Länder und Städte zu denken, an die ich noch nie zuvor gedacht habe. Doch sie fallen mir nicht ein.

Ich suche mich im Haus meiner Eltern. Suche mich im Keller, unter Gerümpel und in schimmligen Kisten. Frage mich, ob die Person, die diesen Pullover aussortiert hat, noch ich war, oder wer auch immer jetzt ich bin, probiere ihn an, betrachte mich im Spiegel, drehe mich einmal im Kreis … komme mir irgendwie verkleidet vor, packe ihn gleich wieder ein. Ich suche mich am letzten Ort, an dem ich mich gesehen habe. Rufe alte Freunde an, die überrascht sind, und denen ich wenig zu erzählen habe, sitze in Bars, in denen ich mich mit fünfzehn mal verliebt oder übergeben habe, höre mir bei zähen Gesprächen zu, über die Dinge und wie sie gewesen waren, und darüber, wie ehe wirs uns versehen dann bereits alles, was vorher mal anders war, schon wieder anders ist und vergehen kann ... ich verfolge mich zurück. Laufe meine Schritte ab, durch die Viertel und Straßen einer Stadt, die sich zu klein anfühlt, sitze am Hafen und betrachte die Container-Schiffe, die hier sicher schon lagen, als ich mit Bekannten, deren Namen mir damals wichtig vorkamen, bereits hier saß, ohne zu wissen, dass wir noch nichts wirklich waren. Wo will ich hin?, frage ich den Findling und das Fahrrad und die Nacht, frage ich die Backsteine und die Rhododendron-Hecken einer schweigenden Stadt, die von innen betrachtet Tor noch zur Welt ist, doch von Welt aus betrachtet nicht mehr Tor zu sich selbst ist.

Vier Monate und zwei Tage.

Was sind ihre Ziele?, fragt mich mein ehemaliger Studienkoordinator, als ich unbeholfen auf der Schwelle zu seinem Büro von einem Fuß auf den anderen trete, vor mich hin druckse, dass ich mir jetzt, zwei Monate nach meinem letzten Studiengangswechsel, sehr sicher sei, wieder zurückwechseln zu müssen, jedoch, genauso wie vor zwei Monaten, ohne einen triftigen Grund, zumindest ohne einen, den ich erklären könne, und was meine Interessen seien, das wüsste ich auch noch immer nicht genau, aber Studieren gehöre nach wie vor eher nicht dazu – *Aus welchem Holz sind Sie geschnitzt?*, fragt mich ein Quiz auf der Startseite meines E-Mail-Anbieters und verstohlen beobachte ich die Passanten, die neben mir an der Ampel stehen, und die sicherlich alle wissen, welche Art Möbelstück sie sind – *Was ist dein*

Lieblingsfilm?, fragt mich ein Mediziner mit Koteletten auf irgendeiner Party … und selten fühlte ich mich so allein.

Jeden Morgen zum Frühstück schlägt mein Spotify-Algorithmus mir neue Songs vor, von denen ich weiß, dass sie dir gefallen würden. Ich frage mich, ob wir noch immer dasselbe sehen, wenn wir auf die »Für dich empfohlen«-Section klicken, oder ob dieser schwammig-fröhliche Indie-Pop mittlerweile schon ich bin – verzweifelt versuche ich, an die Namen von Songs zu denken, an die ich noch nie zuvor gedacht habe. Doch sie fallen mir nicht ein. Ich drehe die Musik ab. Morgens höre ich nun nichts mehr außer dem Malmen der Zeit und meiner Zähne und manchmal deiner Stimme, wenn ich nicht aufpasse, auch mittags und abends und nachts und wenn ich aufwache – ich suche mich dort, wo ich mich zuletzt hingelegt habe. Starre an die Decke und warte auf das Verrinnen der Tage, die es braucht, um jemand anderes zu werden … doch ich war noch nie geduldig. Tigere in meiner Wohnung auf und ab, kratze über Dielen und Balken, blättere mich durch Fotos und seitenweise Briefe und Alben, drehe mich um, suche mich noch einmal dort, wo ich mich verloren habe. Reiße alte Schubladen und Wunden auf, die sicher und verborgen lagen, suche mich in verjährten Versprechen, einem flüchtigen Blick, einem Es-liegt-nicht-an-dir, einer Richtung zurück, ziehe aus den kleinsten der Verstecke und den untersten Spalten irgendein Buch, irgendeine Tasse, irgendeinen Grund, dir zu schreiben.

Sieben Monate und vierundzwanzig Tage.

Wo willst du hin?, frage ich das Mädchen, doch es bemerkt mich nicht, durch den Bildschirm und die Jahre, die uns trennen. Streiche mit den Fingern über das Display, versuch, mich daran zu erinnern, wie es war, dich noch gar nicht zu kennen. *Was sind deine Ziele?*, frage ich es, *wovon träumst du, wenn du allein bist? Was bist du für ein Möbelstück und was erhoffst du dir, vielleicht heimlich, von da, wo ich jetzt bin, was hüllst du in Schweigen, was hältst du eigentlich von Koteletten und wie willst du mal sein?* Ich suche mich in alten Texten. In verwackelten Handyaufnahmen erster Auftritte, in Zeilen und Sätzen, die ich so nicht mehr schreiben würde und teils völlig vergessen hatte – aus Ordnern von Ordnern, die ich ewig nicht geöffnet habe; da steht ein Mädchen auf der Bühne, das wie ich aussieht und sich anzieht, doch von dem ich vergessen habe, wie es sich anfühlt.

Der erste Tag, an dem mir auffällt, dass ich vor langer Zeit zu zählen aufgehört haben muss.

Ich finde mich in einem Gefühl. Finde mich im bitteren Nachgeschmack eines Traums, der vor allem Farben war, eingerollt im einzigen Sonnenfleck meines Kopfkissens, umschlinge meine Beine, als könnten sie mich halten, streichele fahrig über meine Knie, auf und wieder ab, während mir die Tränen über die Nasenspitze runter aufs Laken rollen, streichele meine Beine und flüstere in die Luft: *Es tut mir leid.*

All die Pläne und Prinzipien, die auf der Strecke geblieben sind. Wie formbar ich war und dass ich nicht echter geblieben bin. Die Entscheidungen, von denen ich im Nachhinein nicht mehr weiß, ob sie meine waren, und wie einsam du dich gefühlt haben musst, als selbst ich nicht mehr bei dir war – ich hatte Angst. Vorm Alleinsein. Vielleicht kannst du das verstehen. Habe dich klein gemacht, weil du nicht reingepasst hast, mit deinen Gedanken und Ideen, ich hatte Angst, genau hiervor; dass er geht und mich mitnimmt, dass ich allein bin und nicht weiß, was noch er und was ich bin – aber das war kein ausreichender Grund. Für alles, was du nicht geworden bist. Für alles das, was hätte sein können und was für dich verloren ist. Es tut mir leid.

VON HIER AN BLEIBE ICH, **AB JETZT BIN ICH BEI MIR** –
UND FÜR DIE ZEIT,
DIE ICH ES NICHT WAR,
VERZEIH MIR.

DIE LISTE

VON

Emma Thompson

SCHAUSPIELERIN, DREHBUCHAUTORIN, AKTIVISTIN, AUTORIN, COMEDIAN

In diesem Buch liest man bestimmt zahlreiche erschütternde Geschichten. Depression hat viele Gesichter und einige davon sind geradezu teuflisch. Meine Depression gehört nicht dazu. Ironischerweise ist sie vollkommen unspektakulär. Eine gewöhnliche Tristesse, die sich anfühlt, als wäre man in eine kalte, nasse Decke gewickelt.

Shakespeare trifft den Nagel, wie so oft, auf den Kopf. Hier ein Zitat aus Hamlet:

Ich habe seit kurzem – ich weiß nicht, wodurch – alle meine Munterkeit eingebüßt, meine gewohnten Übungen aufgegeben, und es steht in der Tat so übel um meine Gemütslage, daß die Erde, dieser treffliche Bau, mir nur ein kahles Vorgebirge scheint; seht ihr, dieser herrliche Baldachin, die Luft, dies wackre umwölbende Firmament, dies majestätische Dach mit goldnem Feuer ausgelegt: kommt es mir doch nicht anders vor als ein fauler, verpesteter Haufe von Dünsten.

Jep.

Das entscheidende Wort hier ist *kahl.*

Das Leben ist wirklich ein ganz besonderes Geschenk, doch wenn einem alles kahl und leer erscheint, weiß man es nicht so recht zu schätzen. Ein Rezept, das mir über die Jahre immer wieder geholfen hat, ist eine Liste mit Ratschlägen von Sydney Smith. Noch so ein toter Zeitgenosse. Er nannte seinen Zustand »low spirits«, also niedergeschlagen oder melancholisch. Ein Sammelbegriff für sämtliche seelische Leiden aus dem achtzehnten und neunzehnten Jahrhundert. Hiermit, und mit allem nötigen Respekt gegenüber Sydney, reiche ich eine Neuauflage dieser fabelhaften Liste ein.

1. Mach dir das Leben so angenehm wie möglich, ohne deinen finanziellen Rahmen zu sprengen.
2. Wenn du ein Bad nimmst, lass ein bisschen kaltes Wasser ein und plansche darin herum. Eine kalte Dusche hat den gleichen belebenden Effekt.
3. Bleib nicht die ganze Nacht wach, um dir auf Netflix Serien über Massenmörder anzusehen.
4. Denk nicht zu weit voraus. Bis zum Abend reicht. Der nächste Tag kann sich um seinen eigenen Kram kümmern.
5. Halt dich in gesundem Ausmaß auf Trab.
6. Triff dich, sooft du kannst, mit Freund*innen, die dich mögen, für dich da sind und dich zum Lachen bringen. Triff dich, so selten du kannst, mit Freund*innen, die dich verurteilen, mit anderen vergleichen oder mürbemachen (und tu nicht so, als wüsstest du nicht ganz genau, wen ich meine).
7. Dasselbe gilt für Bekannte. Wenn du intuitiv merkst, dass sie nicht gut für dich sind, kehr ihnen den Rücken und schau nicht zurück.
8. Wenn dir das Wasser bis zum Hals steht, versuch nicht, es zu überspielen. Das macht es nur schlimmer

und die Ohren steifzuhalten bringt nichts außer Kopfschmerzen.

9. Guter Kaffee und Tee können Wunder wirken.
10. Du solltest dich unter keinen Umständen, auf gar keinen Fall, weder jetzt noch in der Zukunft mit anderen vergleichen.
11. Pfleg einen gesunden, maßvollen Pessimismus. So wirst du öfter mal positiv überrascht.
12. Vermeide Filme und Theaterstücke, in denen es darum geht, wie verkorkst unsere Welt ist (es sei denn, sie sind witzig). Verzichte auf emotional mitreißende Musik, den Kontakt zu anderen traurigen Menschen und alles, was dich aufwühlt oder dir vermitteln könnte, dass du dich nicht genug bemühst.
13. Gute Taten sind menschliche Antidepressiva.
14. Bau eine Bindung zu einem Baum in deiner Nähe auf.
15. Verwandle das Zimmer, in dem du am liebsten sitzt, in ein gemütliches Nest.
16. Hör David Attenborough zu.
17. Verurteil dich nicht. Mach dir keine Vorwürfe. Es ist nicht deine Schuld.
18. Halt dich warm.
19. Denk so oft wie möglich ans Weltall, an die Unendlichkeit und noch viel weiter. Alles, was so viel größer ist als man selbst, kann eine sehr beruhigende Wirkung haben.
20. Vertrau mir.

WENN ES MAL KEIN SO SCHÖNER TAG IST

VON

Megan Crabbe

AUTORIN

Heute ist kein so schöner Tag. Und das ist okay. Heute erscheint mir eben alles etwas grau und wolkenverhangen. Es ist in Ordnung, dass ich mir in solchen Momenten wünsche, die Gefühle wären nicht so intensiv. Es ist auch kein Beinbruch, dass ich hier sitze, einen inspirierenden Text über psychische Gesundheit schreiben will, mich aber gerade ein bisschen leer fühle. Das ist nicht das erste Mal. Und mittlerweile weiß ich, wie ich so einen tristen Tag überstehe. Ich liste hier ein paar Tipps auf, falls du mal nicht weißt, wohin mit dir.

Was man an Tagen wie diesen nicht tun sollte:
Frag dich nicht ständig: »Was ist bloß los mit mir?« Dadurch gerätst du nur in eine Abwärtsspirale und dort unten hast du noch nie eine Antwort gefunden, die dich wieder näher zu dir selbst bringt.

Hör nicht auf die Stimme, die dich kleinredet, übergeht oder erniedrigt. Lies die folgenden Zeilen, bis du sie verinnerlicht hast: *Ich darf fühlen, was ich fühle. Ich darf fühlen, was ich fühle. Ich darf fühlen, was ich fühle.*

Gib deinem Körper nicht die Schuld. Ja, deine Gefühle wären immer noch die gleichen, auch wenn du dünner wärst. Und nein, diese eine Zahl auf der Waage lässt das Grau auch nicht verschwinden. Du musst deinen Körper jetzt gerade nicht lieben, aber versuche zu verstehen, dass er dich trägt, so gut er kann. Allein deswegen hat er deine Zuwendung verdient.

Dein Wert wird nicht anhand deiner Produktivität gemessen. An manchen Tagen ist es wichtiger, einfach nur zu sein, statt irgendetwas zu schaffen.

Was man an Tagen wie diesen tun sollte:
Geh so behutsam mit dir um wie mit dem wertvollsten Gegenstand der Welt. Und dann noch etwas behutsamer.

Pfleg die Beziehungen, in denen du sein kannst, wie du bist.

Tu, was dir Spaß macht, und scheiß drauf, ob du gut darin bist oder was andere davon halten.

Denk dran, dass dieses Gefühl nicht für immer bleibt. Du musst es nicht treten und anschreien, um es zu verjagen. Irgendwann verschwindet es ganz von allein.

Besinn dich darauf, dass all diese Tage dich zu dem Menschen formen, der du bist.

Frag dich nicht: »Warum muss ich so viel fühlen?« Sag dir: »Unglaublich, dass ich so viel fühlen kann.«

Erlaube dir, einfach nur zu sein.

Vielleicht klart es morgen auf. Vielleicht nicht. Aber da ich bisher jeden einzelnen tristen Tag überlebt habe, zweifle ich nicht daran, auch diesen zu überstehen.

BIS ZUR SONNE IST ES NICHT MEHR WEIT. WIR SEHEN UNS DORT.

VOR DEM BALL

VON

Lena Dunham

AUTORIN, SCHAUSPIELERIN, PRODUZENTIN, REGISSEURIN

Im schwierigsten Monat meines Lebens habe ich das Malen für mich entdeckt. Besser gesagt, das Malen entdeckte mich.

Als Kind malte ich wie eine Besessene: Bevor ich schreiben konnte, war das für mich die einzige Möglichkeit, Geschichten zu erzählen. Meine Eltern (beide Künstler*innen, die zu Hause arbeiteten) waren begeistert, weil es mich neurotischen Plagegeist beschäftigte, wenn sie gerade viel zu tun hatten. Ich zeichnete Porträts: meine schwangere Mutter, ihren Bauch unter der Yohji-Yamamoto-Tunika. Meinen Vater mit seinen schlaksigen Beinen, die aus den ausgelatschten Turnschuhen ragten. John, den besten Freund meines Vaters, mit den ultradicken Brillengläsern und seiner Glatze mit dem bisschen Flaum an den Schläfen. Genauso hingebungsvoll malte ich Meerjungfrauen, Feen und »Mode-Mädchen«. Ich fühlte mich früher oft krank und so wurde die Couch zu meinem persönlichen Freizeitpark: Spielzeug auf Polstern und in Ritzen, Stifte überall auf dem Boden verteilt und ein Lederkissen, das sich kühl an meinen Rücken schmiegte, wenn ich in der Augusthitze las.

Sobald ich das Schreiben für mich entdeckt hatte, gab ich das Malen auf. Das eine schien das andere auszuschließen. Vom sechsten bis zum einunddreißigsten Lebensjahr schrieb ich jeden Tag. Das war meine Zuflucht im Alltag, meine Spielwiese, meine Leidenschaft und letztendlich mein Beruf. Doch von einem Tag auf den anderen war es damit vorbei.

Nie zuvor hatte ich eine Schreibblockade erlebt. Und ehrlich gesagt war es auch weitaus schlimmer als das. Mir fehlten alle meine Worte. Ich war krank, dünn und tablettensüchtig. Selbst Textnachrichten setzten mich unter Druck. Also ließ ich mich in einer Klinik behandeln, um meinem Schmerz die Stirn zu bieten. Jeden Tag: Therapie. Jede Nacht: ein leerer Computerbildschirm.

Mein Adoptivbruder Spike kam mich besuchen. Punkt elf Uhr vormittags, zu Beginn der Besuchszeit, stand er auf der Matte. Ich stellte ihn meinen neuen Freund*innen vor und starrte dabei auf meine Füße wie eine verlegene Viertklässlerin. Er hatte seinen treuen Hund Wolf Pack mitgebracht und einen Beutel vom Strand Bookstore, worin sich das Notwendigste befand. Allerdings weder Lebensmittel noch Unterwäsche oder Kondome. Im einzigen Raum, der Privatsphäre bot (dem Yoga-Studio), überreichte er mir Bücher (*Der kleine Prinz*, Rilke), Spielzeug (eine Mundharmonika) und einen Zeichenblock zusammen mit einem Haufen bunter Stifte.

»Wenn du nicht schreiben kannst«, sagte er dazu, »dann mal.«

Und das tat ich. Beschissene, krakelige Porträts meiner Mitinsass*innen. Das Mädchen, das sich von jahrelangem Mobbing erholte, verewigte ich in Lila. Mit besonders viel Liebe zum Detail arbeitete ich den Fransenrand ihrer Jeans heraus, der ihre Chucks streifte. Der Typ mit der Borderline-Störung beugte sich für eine Skizze verträumt über sein Keyboard. (Ich musste auf dem Flur sitzen, während er in seinem Zimmer posierte; die Türschwelle galt als Grenze, die wir nicht überschreiten durften.) Eine unserer Betreuerinnen mit akkuratem Bob und Unmengen von Nasenpiercings bildete ich aus zwei verschiedenen Perspektiven ab. Während einer Nacht in einer Pension im Ort zeichnete ich schließlich meinen Freund. Schlafend auf dem Bett, nachdem wir das letzte Mal Sex gehabt hatten. Und dabei wurde mir klar, dass er mich loslassen musste, sonst würde ich untergehen.

Wieder zurück im normalen Leben vergaß ich meinen Skizzenblock. Ich vergaß den Frieden, der mich überkam, wenn ich nach der richtigen Rundung für einen Nasenflügel suchte oder Haarsträhnen detailgetreu wiedergab. Eines Tages fand ich den Block in einer Tasche mit Dingen, an die ich mich nicht mehr erinnern wollte, und beschloss, dem Malen noch eine Chance zu geben. Ich wagte mich an schlichte Wasserfarben für Kinder.

Jetzt, ein Jahr später, ist mein Zuhause voller Farben – in Tuben, in Farbkästen, auf Paletten. Ich mixe meine eigenen, benutze Pinsel in allen Formen und Größen, male kleine und große Bilder, realistische und fantastische. Aber immer zeigen sie Menschen, meist Frauen.

ICH MÖCHTE SIE **AUF DER SCHWELLE ZUR VERÄNDERUNG EINFANGEN,** IM HEILUNGSPROZESS, GENAU

DA, WO ICH WAR, ALS ICH MEINE LIEBE ZU (DIESER ART VON) KUNST ENTDECKTE.

Das ist das Gemälde eines Selfies, das ich vor einem superwichtigen Ball gemacht habe. Ich war ein bisschen high, wacklig auf den Beinen, weil ich nicht gegessen hatte, meine Brüste waren schlaff und meine Haare dünn. Das Bild hat mir meinen Zustand vor Augen geführt und jetzt erinnert es mich an einen Ort, an den ich nicht zurückkehren werde, auch wenn ich irgendwie froh bin, einst dort gewesen zu sein.

ZU GUTER LETZT

DIE »ES IST OKAY«-LISTE

VON

Scarlett Curtis

JOURNALISTIN, AKTIVISTIN

Diese Liste habe ich zum ersten Mal mit neunzehn geschrieben. Als eine Art Manifest klebte ich sie an meine Wand und versuchte jeden Tag darauf zu schauen, sobald die unheilvollen, grausamen Stimmen in meinem Kopf unweigerlich nach mir riefen. Inzwischen bin ich längst nicht mehr so weit unten wie damals. Die erbarmungslose Depression, die mich fast ein Jahrzehnt lang gepeinigt hat, begann sich in meinen frühen Zwanzigern allmählich zu lichten. Und in den letzten Jahren habe ich alles in meiner Macht Stehende getan, um mein Gehirn langsam, aber sicher daran zu erinnern, dass wirklich alles okay ist.

Die Genesung war – wie die meisten Dinge im Leben – überhaupt nicht so, wie ich mir das vorgestellt hatte. Jahrelang hatte ich meine ganzen Hoffnungen in diesen einen magischen Tag gesetzt, an dem es mir BESSER ginge und ich geheilt wäre – repariert, nicht mehr »kaputt«. Dieser Tag kam nicht. Und mittlerweile bin ich mir auch recht sicher, dass er niemals kommen wird. Mein Hirn ist mein Hirn, in all seiner schmerzlich-schönen Verrücktheit.

MAN KANN NICHTS REPARIEREN, DAS **NIE WIRKLICH KAPUTT** WAR.

Ich habe sehr lange gebraucht, um das zu kapieren.

In diesem Buch geht es überwiegend um die Tage, an denen die Depressionen und Ängste zuschlagen. Aber es lohnt sich, auch über die Tage zu reden, an denen das nicht passiert. Als mein Leben so richtig düster aussah, stellte ich mir oft vor, was ich alles Großartiges und Aufregendes unternehmen würde, sobald ich gesund wäre: Berge erklimmen, einen Marathon laufen, bis sechs Uhr morgens in einem Club feiern. Es hat fünf Jahre gedauert, bis mir klar geworden ist, dass ich in Wahrheit nichts davon tun wollte. Echt nicht. Niemals.

Heute bin ich aufgewacht und konnte die Luft in meiner Lunge spüren. Ich war müde und erschöpft, aber weder ängstlich noch depressiv. Ich habe mir einen Tee gekocht, meine Katze gestreichelt, mich aufs Sofa gesetzt und eine Freundin angerufen, bin spazieren gegangen, habe ein paar E-Mails geschrieben, ein bisschen Yoga gemacht, mit meiner Familie zu Abend gegessen und ein Nickerchen eingelegt. Mich für eine Tasse Tee mit ein paar Freund*innen zusammenzusetzen, ist vielleicht das Großartigste und Aufregendste, was ich je vollbringen werde. Etwas, wovon ich an einem gewissen Punkt in meinem Leben nie zu träumen gewagt hätte. Und es ist die reinste Magie.

Es fällt mir nicht leicht, das zu schreiben, aber ab und zu vermisse ich es. Ab und zu vermisse ich, wie schlimm alles war. Ich habe mein »Selbst« um eine Wunde herum aufgebaut, und jetzt, da diese Wunde heilt, verliere ich die einzige Version von mir, die ich kenne. Ich weiß nicht, wer ich ohne psychische Erkrankung bin. Manchmal macht mir das Angst. Manchmal ist es spannend. Und manchmal denke ich lieber nicht zu lange darüber nach.

Falls dieses Buch irgendetwas in dir auslöst, dann hoffentlich das Gefühl, dass du okay bist – genau so, wie du bist.

Manche Dinge, die du durchmachst, sind nicht okay. Manche Dinge, die dein Gehirn dir sagt, sind nicht okay.

ABER DU, LIEBE LESERIN, LIEBER LESER, DU BIST NICHT ALLEIN.

DAS WARST DU NIE UND WIRST ES NIE SEIN.

WIR SIND EINE ARMEE.

EINE ARMEE VON FREMDEN, VOR DENEN DU DICH NICHT ZU SCHÄMEN BRAUCHST. WIR STEHEN HINTER DIR, OHNE DICH ZU VERURTEILEN.

Wir sind hier und wollen dir versichern, dass es normal ist, wie du dich fühlst – dass du wunderbar bist. Eines Tages wirst du auf einem Sofa sitzen und lachen: Eine Sekunde lang wird nichts wehtun, eine Sekunde lang wirst du ganz im Hier und Jetzt sein. Und für diese eine Sekunde wird dir das Leben okay vorkommen. Halte durch, für diesen Augenblick. Wenn du es nicht um deinetwillen tust, dann tus für mich. Ich verspreche dir hoch und heilig: Es lohnt sich.

DIE »ES IST OKAY«-LISTE

- **Es ist okay**, mit dem Gefühl aufzuwachen, dass der Weltuntergang unmittelbar bevorsteht, und jeden Plan, den du je für die Zukunft geschmiedet hast, verwerfen und zurück ins Bett kriechen zu wollen.
- **Es ist okay,** zu denken, dass dieses Gefühl ewig anhält.
- **Es ist okay**, dass dieses Gefühl fast immer nach einer halben Stunde verschwindet.
- **Es ist okay**, dass es manchmal bleibt.
- **Es ist okay**, dass manche Tage weiterhin düster sind. Oder manche Wochen. Dass nicht alles in deinem Kopf so perfekt ist, wie du es gern hättest.
- **Es ist okay**, Termine abzusagen. Und sie noch mal abzusagen. Und noch mal.
- **Es ist okay,** bei einer Party aufzutauchen und fünf Minuten später wieder zu gehen. Die meisten Leute interessiert das überhaupt nicht. Und falls doch, ist es okay, sich nicht darum zu scheren. Es ist okay, wenn dich manche Menschen nicht mögen. Du musst nicht jedem gefallen. Nur dir selbst, und vielleicht deiner Katze.
- **Es ist okay**, erst um sechs Uhr morgens nach Hause zu torkeln.
- **Es ist okay**, wenn du versuchst, deine Gedanken zu betäuben.
- **Es ist okay**, den ganzen Tag im Bett zu bleiben.
- **Es ist okay**, eine halbe Stunde zu brauchen, um sich mental für soziale Interaktion zu wappnen.

- **Es ist okay**, allein zu sein.
- **Es ist okay**, ein bisschen stiller zu sein.
- **Es ist okay**, Angst zu haben.
- **Es ist okay**, diese Angst zu verabscheuen.
- **Es ist okay**, wenn du dir Sorgen machst, dass dich niemand mag.
- **Es ist okay**, übertrieben glücklich zu sein, wenn sich herausstellt, dass dich doch jemand mag.
- **Es ist okay**, wenn du Zeit für dich brauchst, um durchzuatmen. Nimm sie dir.
- **Es ist okay**, auch auf die kleinen Dinge im Leben stolz zu sein. Ein Dauergrinsen im Gesicht zu haben, weil du es durch ein echtes Gespräch geschafft hast. Es ist okay, einen Tag ohne Panikattacke zu feiern.
- **Es ist okay**, die Kardashians zu gucken und sich mit deren Leben zu beschäftigen. Es ist okay, sich brennend für die neuesten Promi-Frisuren zu interessieren.
- **Es ist okay**, mit deinem Hund zu reden.
- **Es ist okay**, deinen Körper zu hassen. Es ist okay, deinen Geist zu hassen.
- **Es ist okay**, Gedanken zu haben, die nicht echt sind. Es ist okay, Stimmen zu hören. Es ist okay, sie zu ignorieren.
- **Es ist okay**, darüber zu reden.
- **Es ist okay**, nicht darüber zu reden.
- **Es ist okay**, Dinge zu versuchen.
- **Es ist okay**, zu scheitern.
- **Es ist okay**, eine Therapie zu machen.
- **Es ist okay**, Medikamente zu nehmen.

- **Es ist okay,** in eine Klinik zu gehen.
- **Es ist okay**, wenn du dir so viel Zeit nimmst, wie du brauchst, um gesund zu werden.
- **Es ist okay**, zu glauben, dass es niemals dazu kommen wird.
- **Es ist okay**, etwas zu erreichen und Leuten davon zu erzählen. Es ist okay, ein bisschen anzugeben.
- **Es ist okay**, wenn du weder Kunstgalerien noch Arthouse-Filme magst. Oder wenn du seit Harry Potter keinen Roman mehr gelesen hast.
- **Es ist okay**, wenn deine Eltern deine besten Freund*innen sind.
- **Es ist okay**, wenn deine Familie nichts kapiert.
- **Es ist okay,** zu prokrastinieren. Es ist okay, etwas nicht zu beenden. Es ist okay aufzugeben.
- **Es ist okay**, wenn es dir so vorkommt, als sei nichts davon okay. Dich zu fühlen, als wäre alles vorbei, wenn du scheiterst oder strauchelst. Wenn du nicht verstehst, warum es immer noch nicht besser als okay ist.
- **Es ist okay**, es weiter zu versuchen.

Es ist alles okay.

DANKSAGUNG

Vielen Dank an Holly Harris, meine Lektorin und beste Freundin. An das gesamte Team von Penguin: Danke, dass ihr an dieses Buch glaubt und psychische Gesundheit für ein Thema haltet, über das es sich zu reden lohnt.

Danke an die Organisation *Shout* für die wahnsinnig wichtige Arbeit, die ihr leistet. Und für dieses Gemeinschaftsprojekt.

Danke an alle Mitwirkenden. Wenn ich groß bin, möchte ich so sein wie ihr alle.

Danke an Shonda Rhimes für *Grey's Anatomy*. Die Serie hat mich durch die schlimmsten Phasen gebracht.

Zu guter Letzt vielen Dank Mum, Dad, Jake, Char und Spike. Ihr habt mir nie das Gefühl gegeben, ich müsste mich schämen. Und ihr habt mir die Hand gehalten, wenn es in meinem Gehirn düster geworden ist, um mich sicher auf die andere Seite zu geleiten.

Dieses Buch ist für Belinda. Ich wünschte, sie hätte es lesen können.

HILFSANGEBOTE FÜR JUGENDLICHE UND ERWACHSENE – ANONYM UND KOSTENLOS

www.nummergegenkummer.de – 116111 oder 0800/1110 333
Sofortige Hilfe per Telefon oder E-Mail (Mo bis Sa: 14 bis 20 Uhr – samstags beraten Jugendliche).

www.telefonseelsorge.de – 0800/1110111 oder 0800/1110222
Rund um die Uhr Soforthilfe per Mail-, Chat- oder Telefonberatung.

www.deutsche-depressionshilfe.de – 0800/3344533
Hilfe und Informationen zur Erkrankung Depression.

www.youth-life-line.de
Online-Beratung in akuten Krisen und bei Suizidgefährdung.

www.jugendnotmail.de
Austausch in Themenchats oder Einzel-Online-Beratung.

www.u25-deutschland.de
Mailberatung von ausgebildeten Gleichaltrigen und Informationen zu verschiedenen Themen sowie Standorte in zehn deutschen Städten.

https://www.rataufdraht.at – 147
Soforthilfe per Telefon- oder Chatberatung in Österreich sowie umfassende Informationen zu Problemen im Alltag.

https://www.147.ch/de – 147
Rund um die Uhr Soforthilfe in der Schweiz per Mail-, Chat- oder Telefonberatung.

DEINE EIGENE »ES IST OKAY«-LISTE

Es ist alles **okay.**

MIX
Papier aus verantwortungsvollen Quellen
FSC www.fsc.org
FSC® C083411

Unser Versprechen für mehr Nachhaltigkeit
- Klimaneutrales Produkt
- Papiere aus nachhaltiger Waldwirtschaft
- Hergestellt in Europa

Carlsen-Newsletter: Tolle Lesetipps kostenlos per E-Mail!
Unsere Bücher gibt es überall im Buchhandel und auf carlsen.de

Originaltitel: It's not okay to feel blue and other lies
Originalverlag: Penguin Books UK, part of the Penguin Randomhouse Group
Aus dem Englischen von Christopher Bischoff, Hanna Christine Fliedner, Jana Wahrendorff, Jennifer Michalski
Zitat auf S. 287 stammt aus William Shakespeares »Hamlet«, Projekt Gutenberg, übersetzt von August Wilhelm von Schlegel
Zitate auf S. 256 stammen aus »Vom Nutzen unseres Ärgers« von Audre Lord, erschienen in: Macht und Sinnlichkeit, Dagmar Schultz (Hrsg.), 4. Aufl., Orlanda Frauenverlag, 1993, S. 107, übersetzt von Renate Stendhal, sowie aus Locke, John. Versuch über den menschlichen Verstand. 2. Aufl. Verlag: Holzinger, Berlin, 2013, S. 220, in der Übersetzung von Julius Heinrich von Kirchmann
Lektorat: Rebecca Jaacks
Umschlagbilder: shutterstock.com © Ambelino
Umschlaggestaltung: formlabor
Herstellung: Derya Yildirim
Satz: Pinkuin Satz und Datentechnik, Berlin
ISBN: 978-3-551-58454-0